dtv

Jericho, älteste Stadt der Welt, grün wuchernde Oase inmitten der Judäischen Wüste, weltbekannt durch die Geschichtsschreibung der Bibel, von Geheimnissen umwittert und von Kriegen erschüttert. Angelika Schrobsdorff hat die wechselvolle Geschichte des Landes und die Autonomiebestrebungen der Palästinenser in den letzten Jahrzehnten miterlebt. Sie erzählt hier von »ihrem« Jericho, von Liebe und Leidenschaft, von Kummer und Hoffnungslosigkeit, von immer neuen Träumen und von der konkreten Wirklichkeit. Ein literarisches Glanzstück.

*Angelika Schrobsdorff* wurde am 24. Dezember 1927 in Freiburg im Breisgau geboren, mußte 1939 mit ihrer jüdischen Mutter aus Berlin nach Sofia emigrieren und kehrte 1947 nach Deutschland zurück. 1971 heiratete sie in Jerusalem Claude Lanzmann, wohnte danach in Paris und München und beschloß 1983, nach Israel zu gehen.

Angelika Schrobsdorff

# Jericho

Eine Liebesgeschichte

Deutscher Taschenbuch Verlag

Dieses Buch liegt auch im Normaldruck als Band 12317
im Deutschen Taschenbuch Verlag vor.

Ungekürzte Ausgabe
Juli 1999
Deutscher Taschenbuch Verlag GmbH & Co. KG,
München

Umschlagkonzept: Balk & Brumshagen
Umschlagfoto: © Denis Waugh/TONY STONE
Satz: KCS GmbH, Buchholz/Hamburg
Gesetzt aus der Stempel Garamond 12/14' (QuarkXPress)
Druck und Bindung: C. H. Beck'sche Buchdruckerei,
Nördlingen
Gedruckt auf säurefreiem, chlorfrei gebleichtem Papier
Printed in Germany · ISBN 3-423-25156-5

*Für Fritzi,*
*der im Jahr der Autonomie Jerichos*
*in Jerusalem geboren wurde.*

Lange bevor ich Jericho mit eigenen Augen sehen durfte, hörte ich meine deutsch-jüdischen Freunde, Zionisten, die in den dreißiger Jahren nach Palästina ausgewandert waren, davon erzählen. Zu jener Zeit war Palästina noch britisches Mandat und die Hügel Jerusalems ein karges, steiniges, unfruchtbares Gebiet, wo die Heiligtümer dreier Religionen so zahlreich waren wie das Wasser knapp und wo der Haß zwischen Juden und Arabern in dem Maße blühte, in dem das Land verdorrte. Nur in der Oase Jericho, die Juden, Araber und Engländer gleichermaßen anzog, muß es harmonisch zugegangen sein. Dort herrschte weder Winter noch Unfrieden, und die Fruchtbarkeit der Natur schien die Feinde auf andere und zweifellos bessere Gedanken gebracht zu haben als auf die, die sich ihnen beim Anblick der Steine und der herben Unnahbarkeit Judäas aufdrängten. Ich, die ich zum erstenmal 1961 nach Jerusalem und damit in eine geteilte, ärmliche, wenngleich faszinierende Stadt gekommen war, hätte viel darum gegeben, einmal nach Jericho fahren zu dürfen. Aber da waren inzwischen die Jordanier.

Jericho, angeblich die älteste Stadt der Welt, scheint seit jeher von Dramen und Geheimnissen umwittert, von Erdbeben, Seuchen und Kriegen erschüttert worden zu sein. Aber sie hat auch Perioden großen Wohlstands erlebt, wie etwa im 15. Jahrhundert vor der Zeitrechnung, als die Kinder Israels, auf dem Weg in das Gelobte Land, Jericho entdeckten und auf Befehl des Herrn, unter Führung Josuas und mit Hilfe des mächtigen Posaunenschalls, der die Festungsmauern einstürzen ließ, eroberten. Mit dieser ungewöhnlichen, für die einen fatalen, für die anderen glorreichen Kriegführung ging Jericho in die Geschichtsschreibung der Bibel ein und wurde weltbekannt.

Ich war noch klein und wundergläubig, als ich diese Legende zum erstenmal hörte, und von dem mirakulösen, mauernzerschmetternden Schall der Posaunen weitaus stärker beeindruckt als von der darauffolgenden flotten Eroberung der Stadt durch einen mir unbekannten Volksstamm. Daß ich diesem Volksstamm angehörte, hatte man mir damals, zu Zeiten Hitlers, wohlweislich verschwiegen, und daß Jericho, trotz eingestürzter Mauern, dreieinhalb Jahrtausende später immer noch existierte, drang erst in mein Bewußtsein, als ich die Worte hörte: »Ach, das war schön, als wir in Vollmondnächten ans Tote Meer und nach Jericho fuhren.«

»Wohin bitte?«

Ja, ich hatte richtig gehört. Sie waren nach Kalia am Toten Meer gefahren, wo eine kleine Kapelle spielte und sie im Mondschein Tango, Foxtrott und English Waltz tanzten. Sie waren ins »Winter Palace Hotel« nach Jericho gefahren und hatten sich dort in der kleinen Bar, in den nach Orangenblüten und Jasmin duftenden Zimmern zu heimlichen Rendezvous getroffen. Verliebte junge Leute, die für ein paar Stunden das Paradies entdeckten und sich der entfesselten Fruchtbarkeit inmitten der Wüste, der entfesselten Leidenschaft inmitten des tagtäglichen Lebens hingaben. So stellte ich mir das vor und wünschte, unter ihnen gewesen zu sein, damals, als sie noch jung und verliebt in Vollmondnächten ans Tote Meer und nach Jericho gefahren waren.

Das Tote Meer, aus dessen Namen man bereits die bittere Salzigkeit des Wassers schmeckt, weckte keine romantischen Assoziationen in mir, aber Jericho, 250 Meter unter dem Meeresspiegel, eine grün wuchernde, bunt gesprenkelte Oase, in duftende, klebrige Schwüle gehüllt, beflügelte meine Phantasie. Schon das exotische Wort Oase, ein Oh und ein Ah – Ausrufe des Entzückens und freudigen Staunens –, hatte für mich den süßen Reiz des Unbekannten. Ich stellte mir das Hotel mit dem großartigen Namen »Winter Palace« vor – einen weiten Bau, an dem sich tropische Pflanzen hochrankten, orientalisch eingerichtete Zimmer, an deren Plafonds sich träge große Fächer drehten, durch deren geschlossene Jalousien goldene Lichtstreifen fielen. Die kleine Bar, in der es nach Players-Zigaretten und Vat 69 roch, hochgewachsene schwarze Nubier in weißen Gewändern Getränke und Nüsse servierten und ein Grammophon die sentimentalen englischen Schlager der damaligen Zeit spielte: »We'll meet again, don't know where, don't know when ...«

Und da saßen sie, meine glatthäutigen, lebensfrohen Freunde, flirteten an der Bar aus Zedernholz, tanzten eng umschlungen auf einer Fläche aus weißem Marmor: Juden, Araber, Engländer, die ihre nationalistischen und religiösen Überzeugungen ein paar Stunden der Lust und der Liebe opferten.

Die meisten dieser Bilder entsprangen meiner eigenen Phantasie, denn den Erzählungen meiner Freunde mangelte es an präzisen Einzelheiten, und viele wiesen unbefriedigende Lücken und Widersprüche auf. Wohl erinnerten sich alle an die gigantischen zyklamfarbenen Bougainvilleabüsche, hinter denen sich ganze Häuser verbargen, an riesige Bäume, in deren geballtem Laubwerk Hunderte von Vögeln krakeelten, an Zitrusplantagen und die phantastischen Farben des Himmels bei Sonnenuntergang. Aber wenn es an eine nähere Beschreibung des Ortes oder Hotels ging, wurde ich enttäuscht. Die meisten behaupteten, Jericho sei ein verrottetes Nest gewesen, andere wieder berichteten von großen, prächtigen Villen, die den reichen Arabern aus Palästina und den angrenzenden arabischen Staaten gehört hätten. Und was das »Winter Palace« betraf, so schienen sie sich an nichts anderes zu erinnern als an die dort erlebten Abenteuer, die die Umgebung, in der sie sich abspielten, offenbar ausgeblendet hatten. Es müssen harmlose Abenteuer gewesen sein, kleine Seitensprünge ohne erschütternde Folgen, Liebeleien mit Partnern, die die Familie nicht billigte.

Allein die Geschichte Lydias hatte alle dramatischen und mysteriösen Ingredienzien, die ich von einer Liebe in Jericho erwartete.

Lydia, ein gutbürgerliches, in jüdischer Tradition erzogenes Mädchen, war das einzige Kind einer angesehenen, in Berlin ansässigen Familie gewesen. Der Vater Anwalt, der Ehemann, den sie mehr auf Drängen der Eltern als aus eigenem Wunsch zwanzigjährig heiratete, war ebenfalls Anwalt. 1935 wanderten beide Paare nach Palästina aus und ließen sich in Jerusalem nieder. Für die damalige Zeit lebten sie in angenehmen, finanziell gesicherten Verhältnissen. Ein Jahr später brachte Lydia eine Tochter zur Welt. Zwei Jahre darauf war sie spurlos verschwunden.

So weit stimmten die Aussagen derer, die Lydia und ihre Geschichte kannten – und es gab kaum einen, der sie nicht gekannt hätte –, überein. Alles weitere jedoch war ein Wust widersprüchlichster subjektiver Berichte, die, je nach der erzählenden Person und deren moralischer oder ideologischer Weltanschauung, variierten. Lydia wurde von bildschön bis potthäßlich beschrieben, von hochintelligent bis saudumm, von ausgekochter Hure bis naiver Gans, alles, was die Palette physischer, psychischer und charakterlicher Eigenschaften zu bieten hatte. Allein eine Ärztin, eine kluge, liberale Frau, die Lydia während einer hartnäckigen Angina behandelt hatte, vermittelte mir ein glaubwürdiges Bild von ihr.

»Sie war klein und füllig«, berichtete sie, »aber gut proportioniert. Eine typische Rothaarige – sehr helle Haut und Augen, grün, glaube ich. Ein süßes Mädchen mit viel Charme und Sex-Appeal und enttäuschten Lebenserwartungen. Sie hatte in Berlin Schauspielerin werden wollen und war in Jerusalem die Frau eines langweiligen Juristen geworden. Was damals in Jericho in sie gefahren ist, weiß ich auch nicht. Möglicherweise die Liebe oder das, was sie dafür gehalten hat.«

Für mich war klar, daß Jericho in sie gefahren war und erst als zweiter folgerichtiger Schritt die Liebe. Unglückseligerweise mußte das Objekt dieser Liebe ein Araber sein, womit ein äußerst empfindlicher Punkt in der jüdischen Volksseele getroffen wurde. Davon abgesehen, erfuhr man nie mehr von diesem Mann, als daß er mit Vornamen

Ali hieß, schön aussah und weltgewandte Manieren hatte. Diese mageren Auskünfte stammten von Lydias Freundin, die an dem schicksalhaften Abend, an dem sich die beiden in der Bar des »Winter Palace Hotel« begegneten, ihre Begleiterin war.

Zwischen dieser ersten Begegnung und dem spurlosen Verschwinden Lydias lagen genau sieben Wochen und fünf Tage, in denen die junge Frau, angeblich wegen eines Hautausschlags am rechten Fuß, oft allein ans Tote Meer fuhr, von dem sie sich Heilung erhoffte. Niemand nahm eine Veränderung an ihr wahr, niemand ahnte auch nur im entferntesten, daß sie kurz davor war, Eltern, Mann und die geliebte Tochter zu verlassen, um mit einem Araber durchzubrennen.

Als es passierte, stand ganz Jerusalem kopf. Die Familie ließ nichts unversucht, Lydia zu finden – wo auch immer, tot oder lebendig. Aber es war, als hätte sie sich aufgelöst, dort in der duftenden, klebrigen Schwüle Jerichos, in der Umarmung des Geliebten.

Die Gerüchte und Mutmaßungen, die jahrelang in der Stadt kursierten, waren um so zahlreicher, als es nicht die geringsten Anhaltspunkte, geschweige denn eine logische Erklärung für diesen unfaßbaren Vorfall gab. Die unauffindbare Lydia wurde zu einer sagenumwobenen Gestalt: Opfer eines Mörders oder Mädchenhändlers, Spionin,

Opiumsüchtige, Haremsdame, schwindsüchtige Bettlerin in irgendeinem Bazar, steinreiches Luxusweibchen in irgendeinem Palast und dergleichen mehr. Jemand wollte sie in einem vorbeifahrenden Bus in Jaffa gesehen haben, ein anderer als Hauptdarstellerin in einem amerikanischen Film, ein dritter tief verschleiert in Jericho, wo er sie an den hellgrünen Augen erkannt habe. Was immer aus Lydia geworden war, sie hat nie mehr ein Lebenszeichen von sich gegeben.

Die rätselhafte Geschichte der jungen Frau mit den grünen Augen überzeugte mich vollends von der Magie der Oase, und ich träumte von ähnlich schicksalhaften Erlebnissen.

»Nebbich«, sagte ein Freund, dem ich davon erzählte, »ausgerechnet Jericho! Soll ich dir mal erzählen, was das war und bestimmt immer noch ist? Ein verstunkenes Loch ist das, in dem man sich die Cholera holt!«

Ich zuckte bei diesen drastischen, meine Oase entweihenden Worten zusammen, aber meine Träume blieben unversehrt.

1967 war es dann soweit. Die Israelis hatten, ohne auf den Befehl des Herrn und den Schall der Posaunen zu warten, Jericho ein zweites Mal erobert, und wenige Wochen nach Ende des Sechs-Tage-Krieges war der Weg dorthin frei.

Zu der Zeit war ich in Israel – Kunststück! Die ganze jüdische Diaspora war zu der Zeit in Israel – selbst Udo, der kein Jude war und mein damaliger Mann, war zur Feier des Sieges herbeigeeilt. Udo war ein großer, blonder Gefühlsmensch, dessen Naivität hart an die Grenze der Dummheit ging. Ich verübelte ihm, nach Israel gekommen zu sein und dann auch noch darauf zu bestehen, mit mir nach Jericho zu fahren.

Damals gab es nur eine befahrbare Straße von Jerusalem aus, die durch die Judäische Wüste ins Jordantal führte. Sie begann im Osten der Stadt, gleich hinter den letzten Häusern des arabischen Dorfes Bethanien, das noch zum Kreis Jerusalem zählte. Und da begann auch schon die Wüste.

Ich hatte Wüsten bisher nur auf Abbildungen und im Kino gesehen, und sie waren immer flach, sandig und einfarbig gewesen – ihr einziger Reiz die grenzenlose Monotonie. Daß es sich bei der Judäischen Wüste nicht um eine flache Sandwüste, sondern um eine bergige Steinwüste handelte, war mir zwar aus den Erzählungen meiner Freunde bekannt, doch hatte ich mir darunter nichts vorstellen können. Ob Sand oder Stein, öde war eine Wüste immer. So glaubte ich. Und dann sah ich die Formen und Farben, eine ungeheure Vielfalt an Formen und Farben, die, durch die Kahlheit der Hügel intensiviert, zu einem Wunderwerk der Natur wurden. Hier war das Ende der Zivilisation, der Anfang der Ewigkeit. Hier war Schönheit in ihrer Urform; die Welt, bevor sie von Menschen bevölkert wurde; Göttlichkeit, bevor man ihr einen Namen gegeben hatte.

Und ich sagte: »Oh, mein Gott!«

»Toll, nicht wahr?« sagte Udo, mein Mann, und dann: »Schau mal, ein Panzerwrack!«

Ich beschloß, der Ehe ein längst fälliges Ende zu machen, und ließ meinen Blick über das Meer an Hügeln wandern. Hügel, so weit das Auge reichte, ein gigantischer Faltenwurf an Hügeln, kantige und sanft gerundete, tief gefurchte und seidig glatte; Hügel, die miteinander verschmolzen, wundersame Bilder ergaben: eine Karawane goldgelber Elefanten, ein Haufen dicht aneinandergedrängter violetter Walrösser, ein austernfarbener weiblicher Akt, ein anthrazitgraues männliches Profil mit einem Stoppelbart aus verdorrtem Buschwerk. Außer hier und da einem Beduinenlager – ein paar rechteckige, flache Zelte aus dunkelbraunem Ziegenfell, die in den schattigen Senken nisteten –, einem Hirten, der mit seiner Ziegenherde über die Kuppen und Hänge der Hügel zog, einem kleinen Beduinenmädchen, das, in malerische bunte Fetzen gehüllt, am Straßenrand hockte, oder einem alten Mann in Jallabia und Kefije, der auf einem Esel ritt, sah man keine Spuren menschlicher Existenz.

»Das ist der vollendete Frieden«, sagte ich.

Mein Mann kicherte und bemerkte: »Ja, ja, man sieht's. Überall Panzerwracks.«

Ich hatte wirklich schon viel zu lange mit der Scheidung gewartet.

Auf dem höchsten Punkt eines Hügels thronte ein einsames, bewegungsloses Kamel, ein schwarzer Scherenschnitt im gleißenden Lichtmeer der Sonne. Ein Schwarm großer, lautloser Vögel glitt über den Himmel, ein kunstvolles Mobile im emaillierten Blau verankert. Bilder von unwirklicher Prägnanz und Schönheit, bei deren Anblick mir der Gedanke kam, daß ein Kamel auf der Kuppe eines Wüstenhügels, der Flug eines Vogelschwarms am Himmel die Schöpfung dieser absurden Welt rechtfertigt.

Die schmale, holprige Straße, die sich kurvenreich in die Jordanebene schlängelt, war kaum befahren. Hin und wieder ein Militärfahrzeug – eine häßliche Warze in der unberührten Landschaft, ein triviales Spielzeug in der unendlichen Weite, ein seltsames, von außerirdischen Wesen gesteuertes Vehikel, das von einem anderen Stern kam.

Es war ein sehr heißer Tag, und es wurde immer heißer. Als wir das Schild »Sea level« erreichten, verwandelte sich die Hitze in Glut, und meine alerte Aufnahmefähigkeit erlahmte ein wenig.

»Ganz schön warm hier«, strahlte Udo, »aber dafür sind wir ja auch unter dem Meeresspiegel.«

Er hatte über dem Erlebnis, unter dem Meeresspiegel zu sein, die Panzerwracks vergessen.

Jetzt veränderte sich das Panorama. Die Hügel zu beiden Seiten der Straße wurden zahmer, ihre Formen und Farben bescheidener, und als wir um die nächste Kurve bogen, lag vor uns die Ebene, in weiter Ferne der Silberstreifen des Toten Meeres.

Ich war ein wenig enttäuscht von dem Anblick, denn ich hatte bereits die ersten grünen Vorboten der Oase erwartet. Aber das Land, das sich kilometerweit vor uns erstreckte, sah aus wie ein überdimensionaler Eierkuchen, von dem Teile ungenügend gebraten, andere verkohlt waren.

»Ich wüßte nicht, wo hier eine Oase sein soll«, sagte ich, »kein Haus, kein Baum, keine Bougainvillea, keine Orangenplantage.«

»Wird schon noch kommen«, lachte Udo wohlgemut.

Tatsächlich erreichten wir kurz darauf ein lädiertes Straßenschild, auf dem man mit Mühe »Jericho 3 km« entziffern konnte. Es zeigte in eine unbestimmte Richtung.

In solchen Fällen sind Männer, selbst die lästigsten, ein Segen. Udo wußte sofort, wo es langging, ja, er stieg sogar aus und bog das Schild nach links.

Die Straße, ein schmaler Streifen geborstenen Asphalts, schnitt schnurgerade durch den Eierkuchen. Parallel zu ihr, in einiger Entfernung, erhob sich die Judäische Wüste, ein steiler, gegerbter Höhenzug, der der Landschaft einen schroffen Charakter verlieh.

Nach etwa einem Kilometer kamen wir zum israelischen Kontrollpunkt, der aus einer halben, nur die rechte Seite der Straße blockierenden Barriere, zwei Bäumen, einem darunter stehenden zerschlissenen Polstersessel und einem darin sitzenden, Coca-Cola-trinkenden Soldaten bestand. Der winkte uns nach einem kurzen, schläfrigen Blick an sich vorbei.

»Fabelhaft«, sagte mein Mann begeistert, »diese Lässigkeit!« Auch auf mich machte die Lässigkeit Eindruck, doch dieser Eindruck stand in keinem Verhältnis zu dem, den ein Stück weiter eine Kamelherde in mir hervorrief. Ich hatte noch nie ein Kamel in Freiheit gesehen, und nun war da ein gutes Dutzend, das sich offenbar auf einer besinnlichen Wanderung befand. Sie gingen bedächtig, mit einer schaukelnden Bewegung ihrer klobigen Leiber, die Köpfe steil erhoben, im Gesicht mit der langen, gummiartigen Oberlippe, die sie wiederkäuend kreisen ließen, einen hochmütigen Ausdruck. Es war der Ausdruck einer Kreatur, die von den harten Lebensbedingungen der Wüste geprägt, von nichts und niemand abhängig ist.

Die archaische Welt der Wüste, das Leben in seiner Ursprungsform, war das das Ziel meiner unergründlichen Sehnsucht, die mich so oft aus heiterem Himmel überraschte? Eine Ahnung vielleicht, daß es den Sinn, nach dem ich suchte, gab, ein Wissen, daß er mir verschlossen bleiben würde.

Wir fuhren weiter. Noch immer war kein Grün zu sehen, dafür tauchte plötzlich eine gewaltige Ansammlung kleiner, dicht zusammengedrängter Lehmhütten auf, reine Backöfen, in denen die Menschen, falls solche darin wohnten, bei lebendigem Leibe geschmort werden mußten.

»Ist das etwa Jericho?« fragte ich.

»Ich weiß nicht«, antwortete Udo, »sieht nicht gerade nach Oase aus, oder?«

Er hielt an, und wir starrten beide zu den Hütten hinüber, in deren Vordergrund sich ein zweistöckiges, langgestrecktes und weißgetünchtes Haus befand – ein wahrer Prunkbau in dieser Umgebung. Sogar etwas Grün sproß drum herum, und auf dem Dach hing eine schlaffe blaßblaue Fahne.

»Sieht tot aus hier«, erklärte Udo, »aber interessant. Wollen wir mal hingehen?«

Wir stiegen aus, überquerten die Straße und dann einen großen, sandigen Platz, auf dem ein einziger zerfetzter Männerschuh lag. Die Hitze, Stille und Leere waren bedrückend. Doch kurz bevor wir die ersten Hütten erreichten, erwachte der merkwürdige Ort zu zaghaftem Leben. Wir hörten Stimmen, das Trappeln von Füßen, und plötzlich tauchten Menschen auf: zwei ältere Frauen in langen Hemden und Kopftüchern, ein einbeiniger Mann an einer Krücke und eine Horde schmuddeliger, barfüßiger Kinder. Sie beäugten uns wachsam aus der Entfernung, und als sie festgestellt hatten, daß wir harmlos waren – dem Aussehen nach Touristen, dem Verhalten nach Narren –, rannten die Kleinen auf uns zu. Sie umringten uns, schnatterten und gestikulierten mit unheimlicher Vehemenz, zupften meinen Mann, der groß, blond und blauäugig, viel attraktiver war als ich, an Hemd und Hose. Schließlich erschien ein älterer hübscher Junge, schubste die Kinder beiseite und sagte feierlich: »Welcome!« Dann, nach einer angemessenen Pause: »You America? You want see camp? Come!«

»What camp?« fragte ich. »Where?«

Er streckte einen dünnen braunen Zeigefinger aus: »Here! Camp Falastin. Come!«

Ich betrachtete den riesigen Klumpen lehmfarbener Hütten, die in ihrer primitiven Struktur gut in die Landschaft paßten. Unter dem strahlend blauen Himmel und vor dem Hintergrund der Judäischen Wüste erweckten sie nicht den feindlichen oder gar unmenschlichen Eindruck anderer Gefangenenlager. Die Menschen, die hier, aus mir unbekannten Gründen, unter den größten Einschränkungen gehaust hatten, waren zumindest nicht ihrer Freiheit beraubt und einem ewig lauernden Tod ausgeliefert worden.

»Where are all the people?« fragte ich.

»War«, antwortete der Junge, »run away.«

»Weiß wirklich nicht, wovon er spricht«, sagte ich halb zu Udo, halb zu mir selber.

Heute, siebenundzwanzig Jahre später, ist mir meine Ignoranz unverständlich, damals war sie selbstverständlich. Ich war zu jener Zeit an nichts anderem interessiert als an meiner neuentdeckten Heimat Israel, in der ich seit 1961 jedes Jahr ein paar Wochen verbracht hatte. In den Kreisen, in denen ich verkehrte, sprach man über alles, nicht aber über Palästinenser und Flüchtlingslager. Einem Araber, aus welchem Staat auch immer, war ich noch nie begegnet. Politik, die Kriege, Verheerung und unermeßliches Leid über die Menschen brachte, war mir ein Greuel, gegen den ich Augen und Ohren schloß. Ich las keine Zeitungen. Ich hörte keine Nachrichten. Fernsehen existierte überhaupt nicht für mich. Meine Welt war Israel, und die hatte heil zu sein, erhaben über die Infamie der restlichen Welt.

»Ich nehme an, es war mal ein Flüchtlingslager«, sagte Udo, »wollen wir's uns ansehen?«

»Nein. Ich will nach Jericho.«

»Gut.«

Er zog einen Geldschein aus der Tasche und gab ihn dem Jungen.

»Also komm«, sagte er zu mir.

»Shalom«, rief der Junge hinter uns her. »Shalom«, schrien die Kinder im Chor.

»Flüchtlingslager?« fragte ich, als wir wieder im Auto saßen und weiterfuhren. »Was für Flüchtlinge?«

»Arabische natürlich … Da schau mal! Was siehst du da vorne?«

Ich sah Grün, eine Eruption an Grün. Es sah aus wie eine Kulisse, die man in der Wüste aufgebaut hat.

Ich hatte fragen wollen: »Wie sind denn die Flüchtlinge hier in ein Lager gekommen?« Jetzt fragte ich: »Wie kommt denn plötzlich das Grün in die Wüste?«

»Das ist das Geheimnis einer Oase«, sagte mein Mann, »und das da rechts drüben ist das Geheimnis des israelischen Sieges.«

Es war ein großes Militärlager, das mit seinen Panzern und Kriegsgeräten, seinen Baracken und Soldaten gewiß nicht an den Rand einer Oase paßte.

»Jericho«, sagte ich und versuchte, mit dieser Zauberformel den Zustand sehnsüchtigen Verlangens zurückzurufen, in den mich der Gedanke an das verbotene Paradies über Jahre versetzt hatte.

Der erste Eindruck von Jericho war keineswegs der, dem ich entgegengefiebert hatte. Ja, da waren die gigantischen Bäume und haushohen Bougainvilleabüsche, die Dattelpalmen, Bananenstauden und Zitrusbäume, da waren alle Schattierungen an Grün, durch das ein Flickwerk kräftiger Farben leuchtete. Kurzum, da war die Schönheit der Natur, die barmherzig verschleierte, was Menschenhand verschandelt hatte. Doch das gelang ihr nur in entfernterer Umgebung, nämlich da, wo die Häuser kunterbunt in die Landschaft gestreut waren. Im sogenannten Zentrum Jerichos, das aus einem großen Platz und fünf in ihn mündenden Straßen bestand, hatte die Natur keine Chance mehr. Denn hier, rund um den Platz und ein Stück in die Straßen hinein, standen die Häuser dicht beieinander und sahen aus wie ein Gebiß im letzten Stadium des Zerfalls. Es waren Häuser, die nicht einmal den Anschein einer vorausgeplanten Architektur erweckten und auch, als sie neu waren, alles andere als anziehend und wohnlich ausgesehen haben mußten. Es waren Bauklötze, quadratisch oder rechteckig, ebenerdig oder zwei, manchmal drei Stockwerke hoch, aus unverputztem, notdürftig gestrichenem Zement. Was sie auszeichnete, war einzig ein gewisser Einfallsreichtum an Verwahrlosung, der sich bis auf die Straßen und in die Hinterhöfe fortsetzte. Das, was die Häßlichkeit der verlotterten Behausungen und Straßen zum Teil wieder ausglich, waren die farbenfrohen Läden und Verkaufsstände, vor denen Pyramiden aus Zitrusfrüchten und Gemüse aufgebaut waren, waren Dattel- und Bananenbüschel, die von den Stützen der Dächer hingen, grellfarbige Kleidungsstücke, die Hausmauern schmückten, Korb- und Lederwaren, Tongefäße und Plastikgeschirr, die auf dem Bürgersteig standen. Vor einer Bude wurde auf einem Holzkohlengrill Schaschlik gebraten, in einer anderen wirbelten rote, gelbe und grüne Sirupsäfte in großen Glasbehältern. Aber das Leben schien stillzustehen. War es die lähmende Hitze? War es der nachwirkende Schock des Krieges? Oder war es schlicht der Fatalismus des Orients, der allen Dingen ihren Lauf ließ und auf die Beschlüsse Allahs wartete?

Das Straßenbild wurde von Männern beherrscht, Männern jeglichen Alters und unterschiedlichster Hautfarbe und Bekleidung – von hellem Milchkaffee bis schwarzer Kaffeebohne, von Kefije und Jalabia über moderne Hose und T-Shirt bis zu baumwollenen Schlafanzügen. Sie hockten auf den Schwellen ihrer Läden und auf Schemeln vor ihren Häusern, lasen Zeitung, rauchten Zigaretten oder ließen die Kugeln einer Gebetskette durch die Finger gleiten. Sie standen zu zweit oder in kleinen

Gruppen beieinander, gingen langsam und ohne ersichtliches Ziel an den Hausmauern entlang. Jugendliche, gefolgt von einem Schwarm kleiner Jungen, vertrieben sich die Zeit, indem sie auf uralten Rädern im Zick-Zack durch die Straßen pendelten und dabei weniger die Pedale als die Klingel benutzten. Junge Mädchen oder jüngere Frauen waren überhaupt nicht zu sehen, nur ein paar alte in langen, schwarzen, auf der Brust bestickten Kleidern, den gefüllten Einkaufskorb auf dem weiß verhüllten Kopf, gingen von Laden zu Laden und kniffen prüfend in Obst und Gemüse, blutige Fleischstücke und lebendige Hühner. Am Straßenrand standen ein paar hochbetagte, zerschundene Autos, und hin und wieder durchkreuzte ein israelisches Militärfahrzeug den Ort, von vielen undurchdringlichen Blicken begleitet.

Wir hatten die kurze Strecke vom Ortseingang zum Zentrum hinter uns gelassen und fuhren bereits zum zweitenmal um den Platz herum. Auf der einen Seite stand ein Gebäude, das größer, höher, aber beileibe nicht schöner als die übrigen, irgendwann einmal eine offizielle Funktion gehabt haben mußte. Ihm gegenüber hatte sich in einem weißgetünchten Haus, auf dessen Dach der Davidstern welkte, die israelische Militärpolizei niedergelassen. In der Mitte des Platzes hatte man ein kleines quadratisches Gärtchen anzulegen versucht und mit einem Zaun vor Zugriffen geschützt.

Allerdings gab es nichts zu schützen, denn es war das einzige Fleckchen in Jericho, auf dem nichts Grünes zu gedeihen schien.

»Das hier ist tiefster Orient«, frohlockte mein Mann, der, so wie ich, noch nie im tiefsten Orient gewesen war.

»Möchtest du vielleicht noch ein paarmal um den Platz herumfahren?« fragte ich.

»Ich weiß nicht, welche Straße ich nehmen soll.«

»Ich würde vorschlagen, du nimmst die mit den meisten Bäumen.«

»Meinst du die hier?«

Ich hatte keine besondere gemeint, aber um nicht noch einmal im Kreis zu fahren, sagte ich: »Ja, genau.«

Die Straße sah nicht viel anders aus als die, auf der wir nach Jericho hineingefahren waren. Sie war breit und mangelhaft gepflastert. Zu beiden Seiten standen unansehnliche Häuser, von üppigen Baumkronen halb verdeckt. Dennoch mußte es sich um eine vornehmere Straße handeln. Zwar gab es auch hier Läden, aber keine Buden und Verkaufsstände, keine Gemüse- und Obstpyramiden, keine grellfarbigen Kleidungsstücke, die die Mauern schmückten. Dafür entdeckte ich eine Apotheke, eine Art Café, in der viele Männer saßen, Wasserpfeife rauchten oder Karten spielten, und sogar ein Kino, das als solches nur an den blutrünstigen Filmplakaten erkennbar war.

Nach etwa zweihundert Metern nahm der kommerzielle Teil ein Ende, die Straße wurde noch breiter, die Häuser kleiner, der Abstand zwischen ihnen immer weiter und grüner. Und jetzt spürte ich zum erstenmal den Zauber Jerichos und hätte doch nicht sagen können, worin er bestand. In der unendlich hohen Palme, deren gerippter Stamm und weit gefächerte Krone ins Blau des Himmels gemeißelt waren? In dem ockerfarbenen, felsigen Höhenzug der Judäischen Wüste? Waren es die Sinne, die diesem Zauber erlagen? War es ein Geisteszustand? Oder war es vielleicht das Gefühl, in der Oase, wie vom Mutterleib umfangen, wieder zum Embryo zu werden.

»Möcht' wissen, wohin diese Straße führt«, sagte Udo.

Ich nicht. Ich wollte nicht wissen, wohin die Straße führt. Ich wollte hier bleiben, mich im Dickicht eines Gartens verkriechen und dort, im Schatten der Orangenbäume, in einem Nest warmer, duftender Blätter liegen.

»Hast du die Landkarte mitgenommen?«

»Nein. Wozu? Wir wollten nach Jericho.«

Warum Männer immer mehr die Geographie eines Landes interessierte als die Landschaft! Konnte er sich nicht den rotglühenden Hibiskusbaum ansehen oder die großen, verwilderten Gärten, die sich jetzt rechts und links der Straße hinzogen? Es waren eingezäunte Gärten, in denen

Tische und Stühle standen, und im Hintergrund schmucklose, flache Häuser, aus denen laute, gequälte Musik drang. Die Gärten waren so groß, die Tische so lang und die Stühle so zahlreich, daß mindestens hundert Personen Platz gefunden hätten, aber außer ein paar Katzen saß niemand dort. Während ich noch überlegte, zu welcher Zeit so viel Betrieb in Jericho geherrscht hatte, daß mindestens sechs Gartenlokale mit einer Unmenge an Tischen und Stühlen erforderlich gewesen waren, sprang ein junger Mann auf unser Auto zu und schrie unter einladenden Gebärden: »Welcome! Come in! Very good food, very cheap, very clean!«

Mein Mann lachte, winkte und fuhr weiter.

»Du hättest halten sollen. Die Leute haben hier überhaupt keine Gäste.«

»Wir machen den Kohl auch nicht fett, aber wenn du unbedingt willst ...«

Kaum fuhren wir langsamer, sprangen aus allen Gärten junge Männer und forderten uns auf, ihre sehr guten, sehr billigen, sehr sauberen Lokale zu besuchen.

»Bitte, kehr um«, sagte ich zu Udo, »wir gehen ins erste.«

»Warum? Die anderen sehen doch irgendwie gepflegter aus.«

»Darum will ich ja ins erste.«

Das erste, das sich »Die Rose des Jordantals« nannte, war in der Tat nicht gepflegt, auch nicht irgendwie, aber es drückte genau das aus, was mich an Jericho faszinierte, bis zum heutigen Tage fasziniert: die Vergänglichkeit des Menschen, den Zerfall dessen, was er geschaffen hat auf der einen Seite, den Triumph der Natur auf der anderen. Da war eine Fülle an stämmigen, dichtbelaubten Zitrusbäumen, unter denen verrottete Tische und Stühle standen. Da war ein mannshoher Jasminstrauch mit groben, wie aus Wachs geformten Blüten und daneben eine schiefstehende Schaukel, an deren verrosteten Ketten ein ausrangierter Klodeckel befestigt war. Da blühten blaßviolette, dunkelrote und orangefarbene Rosenstöcke um einen ehemaligen Springbrunnen, der, trocken und mit fleckiger türkisgrüner Farbe gestrichen, langsam vor sich hinmoderte. Da duckte sich das kleine Haus, schrie Klagegesänge in die Welt, da ragte ein mächtiger Baum weit über sein Dach hinaus, und Dutzende von Vögeln zwitscherten und lärmten in seiner Krone.

Der junge Mann eilte strahlend auf uns zu, schwenkte ein rotkariertes Tischtuch und versuchte, uns an den besterhaltenen Tisch, direkt neben der Einzäunung zur Straße, zu lotsen. Ich aber steuerte auf ein kleines Möbelstück zu, von dem ich nicht wußte, ob es sich dabei nicht um einen weiteren, diesmal auf Beinen befestigten Klodeckel handelte. Es stand im Schatten eines betörend duftenden Orangenbaums und ließ den Blick auf die unendlich hohe Palme und den ockerfarbenen Höhenzug frei.

»Du hast recht«, sagte Udo, der alle neuen Eindrücke bereitwillig in sich aufsog, »der Platz hat Atmosphäre.«

Der junge Mann, der klein und schmächtig war und diesen Mangel mit einem kühnen Schnurrbart ausglich, hatte sich breit lächelnd vor uns aufgepflanzt und machte in kaum verständlichem Englisch Konversation: sein Name sei Nasser, und seine Eltern kämen aus Jaffa, dort hätten sie ein Haus gehabt. Wie wir hießen, fragte er, woher wir kämen … Ah, Germany! Germany sei ein schönes Land, ein Cousin lebe dort, in Bielefeld, und ein anderer in Amerika, Ohio, und zwei Brüder in Bolivien und eine verheiratete Schwester in Kuwait und eine zweite in Amman.

»Das muß eine sehr reiselustige Familie sein«, sagte ich zu Udo. »Ich glaube, er erzählt uns arabische Märchen.«

Nasser, ohne ein Wort verstanden zu haben, nickte zustimmend und fragte mich dann, wie viele Kinder ich hätte.

Ich hob einen Finger, und das erschütterte ihn.

»Eins«, rief er, »warum nur eins?« Ob es wenigstens ein Junge sei oder etwa ein Mädchen?

»Junge«, sagte ich, und das erleichterte ihn etwas.

Ein älterer Herr, dem man die Würde an der

sorgfältig gebügelten Hose und der undurchdringlich ernsten Miene ansah, trat vor die Tür des kleinen Hauses, und Nasser, mit der geflüsterten Mitteilung »Boss!«, besann sich seiner Pflichten. Er empfahl uns Kebab und Huhn und Humus und arabische Salate, aber ich, im Hinblick auf die Hitze, den Mangel an Gästen und die von meinem Freund erwähnte Cholera, wollte nur etwas trinken. Daraufhin schlug Nasser eine Flasche Whisky oder Cognac vor, Getränke, von denen man hier offenbar annahm, daß sie wie Coca-Cola getrunken würden.

»Wein«, sagte Udo und stürzte Nasser damit in Verwirrung, »eine Flasche Wein.«

Es dauerte lange, bis der Wein aufgetrieben und von Nasser, mit der Bemerkung »Best wine in Palestine«, vor uns auf den Tisch gestellt wurde. Auf der Flasche klebte ein Etikett mit der Aufschrift »Monastery Cremisan, Holy Land, Bethlehem«.

Plötzlich überkam mich das Gefühl, in einem völlig fremden Land zu sein, einem Land, das jahrelang ein Tabu in meinem Bewußtsein, mit einem Volk, das für mich gesichts- und geschichtslos gewesen war. Ein Land, an dessen Grenze ich manchmal entlanggegangen war, in das ich über den Streifen des Niemandslandes oder vom Dach des mehrstöckigen Französischen Hospitals hinübergeblickt hatte. Menschen, die ich mit den zerschossenen Fahrzeugen am Rande der Straße von

Tel Aviv nach Jerusalem, mit den Einschußlöchern in den Gebäuden nahe der israelisch-jordanischen Grenze identifiziert hatte. Inzwischen war ich zwar in der Altstadt von Ostjerusalem und auch in Bethlehem gewesen, das aber in einem Strom vertrauter Menschen, Touristen von jenseits der Grenze, die, so wie ich, ein fremdes Land besuchten, Sehenswürdigkeiten betrachteten, Andenken kauften.

Jericho war etwas anderes. Es war die Schöpfung meiner Phantasie gewesen, eine verzauberte Insel, die in einem Vakuum schwebte, außerhalb jeden Landes. Eine Insel, die man sozusagen auf einem fliegenden Teppich erreichte, in deren Farben und Düfte man hinabtauchte, um ein paar Stunden des Glücks zu erleben. Eine Insel ohne Einheimische oder zumindest nicht erwähnenswerte Einheimische. Und nun war aus der verzauberten Insel ein konkreter Ort geworden, der mir in seiner Realität so fremd vorkam, wie er mir in meiner Phantasie nahe gewesen war. Ich stellte fest, daß ich, nicht Jericho, in einem Vakuum geschwebt hatte.

Es war eine Feststellung, die mich weder erschütterte noch dazu bewog, diesen Umstand von Grund auf zu ändern. So wie Israel die heile Welt, so sollte Jericho meine Trauminsel bleiben und die Einheimischen kuriose Unbekannte, die kindliche Fragen stellen und arabische Märchen erzählen. Jeder braucht schließlich eine Nische, in der ihm die Realität fern und eine Illusion erhalten bleibt.

Die Hitze und der süßliche Wein aus dem Heiligen Land versetzten mich in einen dösigen Zustand. Ich fühlte mich entspannt wie eine Katze, die an einem sicheren Platz in der Sonne liegt, und fragte in aller Unschuld: »Udo, soll ich dir mal eine Geschichte erzählen?«

Er nickte eifrig.

»Es war einmal«, begann ich, »eine hübsche, junge Frau aus gutbürgerlicher deutsch-jüdischer Familie. Die hatte einen Mann und ein Kind und eigentlich alles, was sie brauchte. Aber eines Tages fuhr sie nach Jericho und begegnete dort, im ›Winter Palace Hotel‹, in der kleinen Bar mit der Theke aus Zedernholz und der Tanzfläche aus Marmor, einem schönen Araber. Sieben Wochen und fünf Tage später war sie spurlos mit ihm verschwunden.«

Mein Mann starrte mich an, erst entgeistert, dann drohend: »Was willst du mir mit dieser Geschichte sagen?« fragte er.

»Daß einem merkwürdige Dinge in Jericho passieren können.«

»Einem? Wem? Dir? Eine schöne Geschichte hast du da erfunden.«

Ich dachte: Man wartet nicht ungestraft zu lange mit der Scheidung, und sagte: »Du wirst lachen, ich habe sie nicht erfunden. Die junge Frau hieß Lydia, und das Hotel gibt es wahrscheinlich immer noch.«

»Na, das möchte ich aber sehen!«

»Ich auch.«

Als Nasser mit der Rechnung kam, fragte ich ihn, ob es hier irgendwo ein »Winter Palace Hotel« gebe. Ja, das gebe es, sagte er, ein Stück weiter, in derselben Straße, auf der linken Seite. Einer seiner Onkel sei dort Koch gewesen, Chefkoch, aber nun schon lange tot. Und er erzählte ausführlich vom Tod seines Onkels, der, wenn ich das Kauderwelsch richtig verstand, an einer Darmverschlingung gestorben war. Kein ruhmreicher Tod für einen Chefkoch.

Wir fuhren dreimal am Hotel vorbei, denn ich war immer noch in dem Glauben, daß es ein Winterpalast mit allem dazugehörigen Dekor sein müßte.

»Also, wo ist nun dein märchenhaftes Liebesnest?« fragte Udo mit grimmigem Lachen.

»Keine Ahnung! Ich sehe nur eine märchenhafte Bougainvillea ... Halt doch mal einen Moment, so was habe ich noch nie gesehen!«

Er hielt, und ich betrachtete die zarten violetten Blüten, Tausende von Blüten, die über einen langgestreckten, zweistöckigen Bau rieselten und ihn fast zur Hälfte verbargen. Da, wo er sichtbar blieb, sah man eine rissige lehmfarbene Fassade mit eingestürztem Dach und kleinen, himbeerrot gerahmten Fenstern. In der Mitte des Hauses wölbte sich die mißglückte Verzierung eines bogenförmigen Aufsatzes, auf dem, der Rundung folgend, in ebenfalls himbeerroten Buchstaben die Worte WI TER P LACE angebracht waren.

Udo hatte zur selben Zeit wie ich die lückenhafte Aufschrift entdeckt und sah mich strafend an. Jetzt war er davon überzeugt, daß ich die Geschichte Lydias erfunden hatte und bereits kurz davor war, mit einem Araber durchzubrennen.

»Bar aus Zedernholz, ha!« sagte er schließlich. »Tanzfläche aus weißem Marmor! Schöner Araber!«

»Der Araber hat ja nicht zum Inventar gehört«, verteidigte ich mich, »und davon abgesehen, braucht die Liebe keinen Luxus.«

Du lieber Himmel, zu was für Sprüchen ich mich durch die strafende Miene meines Mannes und den verwirrenden Anblick des »Winter Palace« hinreißen ließ!

Ich stieg aus und ging nahe an die niedrige, zerbröckelnde Mauer heran, die ein verwüstetes Grundstück umschloß.

»Mein ›Winter Palace‹«, murmelte ich, »mein armer, alter ›Winter Palace‹! Schön bist du nicht, aber was hat das damals für eine Rolle gespielt! Wenn man jung ist und verliebt, dann spielt nichts eine Rolle, nichts, außer eben dem Gefühl, jung und verliebt zu sein. Und für die Jungen, Verliebten warst du schön, damals, ein Palast mit einer kleinen Bar, in der eine ferne Frauenstimme sang: ›We'll meet again, don't know where, don't know when …‹«

In diesem Moment empfand ich eine tiefe, wehmütige Zärtlichkeit für das zusammenbrechende Hotel, für die marode kleine Stadt. Jericho und sein Winterpalast wurden für mich zum Inbegriff all dessen, was vergangen und verloren war.

In den nächsten drei Jahren, in denen ich regelmäßig ein bis zwei Monate in Israel verbrachte, waren meine Besuche in Jericho jeweils auf ein paar Stunden beschränkt. Ich fuhr immer allein hinunter, denn nur so konnte ich die Schönheit der Judäischen Wüste, den Bann der Oase auf mich wirken lassen, nur so konnte ich mich in die einzigartige Stimmung eines Ortes, in dem das Leben fault und der Tod blüht, in die Einsamkeit einer Stunde unter dem Orangenbaum versenken. Schon der Gedanke, daß ein Mensch neben mir sitzen könnte, der die Wüste mit unbeteiligtem Blick streifte, über Jericho die Nase rümpfte und unter dem Orangenbaum mit mir plaudern wollte, brachte mich auf. Nach Jericho zu fahren war kein gewöhnlicher

Ausflug für mich, sondern vielmehr ein Ritual. Ich hielt oft an, betrachtete ein Beduinenlager – die jungen Schafe und Ziegen im Gehege, die bunte Wäsche an der Leine, die schmale dunkelhäutige Frau mit dem nackten Baby im Arm – und versuchte, mich mit der Romantik einer privilegierten Europäerin in ihr Leben hineinzudenken; ich vertiefte mich in den Anblick einer Hügelkette, für die ich noch nicht den richtigen Vergleich mit einer Tier- oder Menschenart gefunden hatte; ich stieg aus dem Auto, um ein Kamel, das am Straßenrand stand, aus der Nähe anzuschauen und anzusprechen: »Na, du Kamel, was guckst du so hochnäsig auf mich herab? Hast schöne Augen mit ganz dichten Wimpern und eine weiche Oberlippe. Darf ich die mal anfassen? Nein? Sehr schade!« Ich hielt, wenn auch unfreiwillig, am Kontrollpunkt, an dem sich junge, gelangweilte Soldaten eine Abwechslung von mir versprachen und sich ausgiebig nach meinem Woher und Wohin erkundigten. Und schließlich blieb ich vor dem Flüchtlingslager stehen und dachte an die Zeit zurück, in der ich selber, politischer Willkür und existentieller Not ausgeliefert, Flüchtling gewesen war. Acht Jahre lang Exil, eins davon in einer Lehmhütte, nicht größer und nicht besser als die vor meinen Augen, zehn Menschen in zwei Kammern und einen Verschlag gepfercht. Nein, es war kein Lager gewesen, sondern ein Dorf auf dem Balkan, ein Dorf, das ich in seiner Armut und Ursprünglichkeit geliebt, großzügige, unverfälschte Bauern, unter denen ich mich wohlgefühlt hatte. War es die nostalgische Erinnerung an das Wohlgefühl eines sechzehnjährigen Mädchens, die diesem Lager seinen Schrecken nahm? War es die Vertrautheit mit einem harten, aber intensiven Leben, die mich mit ihm verband? Oder war es der visuelle Reiz dieses verlassenen, geisterhaften Ortes, der in Form und Farbe so gut in die Landschaft paßte? Was immer es war, es rief nicht das Schicksal der Menschen in mein Bewußtsein, die über Jahrzehnte in diesen Lehmhütten gehaust hatten, die hier gestorben, hier geboren, hier aufgewachsen waren und wieder hatten fliehen müssen in andere Lehmhütten, in denen sie sterben, geboren werden und aufwachsen würden.

Ich fuhr weiter, mein Ziel das Klodeckel-Tischchen unter dem Orangenbaum, das Glas Tee mit den Pfefferminzblättern, das Nirwana der Gedanken, die in der Hitze verdampften.

»Where husband?« fragte mich Nasser, der sich von dem großen blonden Germanen mehr versprach als von mir.

»Husband gone«, lachte ich, »no husband anymore.«

»Very terrible«, sagte Nasser, der mein Lachen vermutlich für einen Ausdruck der Verzweiflung hielt, und schenkte mir zum Trost eine dicke rote Rose.

Ich kann nicht behaupten, daß mein Jericho-Programm abwechslungsreich gewesen wäre. In den ersten paar Wochen nach dem Sechs-Tage-Krieg, die ich noch in Jerusalem verbrachte, beschränkte es sich auf das Gartenlokal, einen Abstecher zum »Winter Palace Hotel«, dem ich immer noch eins seiner vielen Geheimnisse zu entlocken versuchte, und einem Gang um den Platz, bei dem mir Obst- und Gemüsehändler in den Weg sprangen und mich mit mundgerecht zubereiteten Kostproben verschiedener Früchte zu einem Kauf verführen wollten. Danach stieg ich, in der Gewißheit, zwei erfüllte Stunden verbracht zu haben, in das glühende Auto und fuhr unter innerem Jubel die schönste Straße der Welt, wie ich sie nannte, nach Jerusalem zurück.

»Hast du dir die Überreste des alten Jericho mit dem ältesten Turm der Menschheit angeschaut?« fragten mich meine Freunde erwartungsvoll.

»Nein.«

»Die Ruinen des Omajaden-Palastes, den der Kalif Hisham im 7. Jahrhundert erbauen ließ?«

»Nein.«

»Die Synagoge von Na'aran aus dem 6. Jahrhundert?«

»Nein.«

»Das griechisch-orthodoxe Kloster auf dem Berg der Versuchung?«

»Nein.«

»Ja sag mal, was tust du denn dann immer in Jericho?«

Eine gute Frage historisch interessierter Menschen, die ich unmöglich mit dem Satz: »Ich trinke Tee und lasse die Oase auf mich wirken«, beantworten konnte.

»Das kommt alles noch«, sagte ich.

Es kam im März, als ich wieder in Israel war und meine rituellen Fahrten nach Jericho aufnahm. Es hatte sich in der Zwischenzeit einiges geändert. Auf der schönsten Straße der Welt fuhren jetzt nicht nur ich und etliche Militärfahrzeuge, sondern andere Privatautos und Busse. Nicht viele, aber genug, um mich zu stören und den ängstlichen Verdacht zu wecken, daß Jericho mir nicht mehr allein gehören könne. Und so war es. Da waren plötzlich Männer ohne Schnurrbart und mit Sonnenbrille, Frauen ohne Kopftücher und mit nackten Beinen, Kinder mit Sonnenhüten und sogar ein Hund mit dickem Fell und leidendem Gesicht. Die meisten standen vor den Obst- und Gemüsepyramiden, und die, die sie fotografierten, erkannte man als Touristen; die, die kauften, als Israelis. Auch in den Gartenrestaurants saßen sie, aßen und tranken ohne Furcht vor Cholera und beglückten damit die Besitzer. Selbst in meiner »Rose des Jordantals« waren zwei lange Tische mit jeweils einem Paar besetzt, und ein Kellner, der nicht mehr Nasser war, schien dem Andrang von vier Gästen nicht gewachsen zu sein. Er rannte aufgescheucht hin und her, verschwand lange im Haus, tauchte mit zwei Tellern in einer Hand und einem Glas in der anderen wieder auf, lief zum Tisch, verschwand im Haus. Schließlich gelang ihm ein kühner Schlenker an meinen Tisch.

»Welcome«, sagte er, »where you from?«

»Fidschi Islands«, sagte ich, über das Hin- und Hergerenne und die fremden Gäste verärgert, »and you?«

»I born in Jericho camp, my parents from near Haifa.«

Jetzt ging das wieder los! Meine Schuld, wenn ich so alberne Fragen stellte. Aber war ich nun dazu verpflichtet, mir die Aufenthaltsländer und Kontinente seiner diversen Familienmitglieder aufzählen zu lassen?

»Where is Nasser?« lenkte ich ihn ab.

»Nasser home. I cousin Nasser.«

Vielleicht gab es einen tieferen Grund, warum Nasser zu Hause und Cousin Nasser in der »Rose des Jordantals« war, aber danach fragte ich vorsichtshalber nicht. Ich bestellte ein Glas Tee mit Pfefferminzblättern. Kaum hatte sich der Kellner mit einer Zielstrebigkeit, die nach ein paar Schritten verpuffte, entfernt, wurde ich von Scham und Selbstvorwürfen überwältigt. Der Junge, seiner kaum behaarten Oberlippe nach zu schließen, war noch mitten in der Pubertät, seine Eltern hatten nun wahrlich keine Schuld, daß sie aus der Nähe Haifas kamen, und über die vier kümmerlichen Gäste, die im Gegensatz zu mir keine Angst vor der Cholera hatten und etwas Geld in die Kasse des Lokals brachten, sollte ich mich freuen, nicht ärgern. Und außerdem konnte ich jetzt, da meine Ruhe sowieso beeinträchtigt und es noch nicht zu heiß war, die Gelegenheit nutzen, die Sehenswürdigkeiten Jerichos zu besichtigen.

Also betrachtete ich den ältesten Turm der Menschheit, einen mächtigen, aus Steinblöcken geschichteten Bau, der als einziges Relikt des alten Jericho dem Schall der Posaunen standgehalten hatte. Ich bewunderte die Überreste des frühislamischen, vom Kalifen Hisham erbauten Omajaden-Palastes mit seinen stämmigen Säulen, Wohn- und Badeanlagen und einem herrlichen, mich traurig stimmenden Mosaik, in dem zwei Gazellen am Baum des Lebens zupften, während eine dritte von einem Löwen im Genick gepackt wurde. Ich besuchte die Synagoge von Na'aran, zu der man durch ein von Nadelbäumen verdüstertes, mit einem leeren, braunverschlackten Swimmingpool ausgestattetes Gartenlokal gelangte, und versuchte, mich für den verblichenen Mosaikfußboden zu begeistern, das einzige, was vom Gotteshaus noch übriggeblieben war. Schließlich erkletterte ich sogar den steilen, mit Geröll verschütteten Fußweg zum Kloster der Versuchung, das, nur an einem viereckigen Glockenturm und türkisgrünen gestrichenen Tür- und Fensterrahmen erkennbar, in den Fels hineingemeißelt war. Ein alter Pope mit weißem Bart, grauem Haardutt und fleckiger schwarzer Kutte öffnete mir das schwere Holztor, und plötzlich befand ich mich in einer Welt, von der ich in besonders lauten, chaotischen und strapaziösen Lebensabschnitten immer geträumt hatte. Hier, in der Abgeschiedenheit und Stille, in den halbdunklen, kühlen Gewölben und Gängen aus jahrtausendealtem Stein, in der kleinen Kapelle mit ihren bunt glitzernden Ikonen und silbernen Leuchtern, ihrem Duft nach Weihrauch und Kerzenwachs, sehnte ich mich nach der Körperlosigkeit, die einem den Glauben, oder dem Glauben, der einem die Körperlosigkeit gestattet. Ich stieg in die Turmkammer empor, in der Jesus vierzig Tage lang der Versuchung des Teufels widerstanden haben soll, und trat auf den schmalen Streifen eines Balkons hinaus, von dem ich auf Jericho hinabblicken konnte. Was ist mir näher, fragte ich mich, die blaue, undurchdringliche Ewigkeit des Himmels oder die grüne Fülle der Oase, die aus dieser Höhe geradezu bacchantisch wirkt? Ich kam zu keiner Antwort. Mein Kopf schien den Himmel zu berühren, aber mein Körper fühlte den Sog der Erde.

Eine Nonne erschien auf dem Balkon, begrüßte mich auf englisch und stellte sich als Schwester

Anastasia vor. Sie war eine junge, gutaussehende Frau mit breiten Brauen und Lippen, schwarzen Augen und strengem Blick.

Ob sie hier im Kloster der Versuchung lebe, wollte ich wissen.

Ja, ihre Diözese habe sie auf ein Jahr hergeschickt, denn die zwei Brüder im Kloster seien ja schon sehr alt, und es herrsche großer Mangel an Mönchen und Nonnen.

Wie es ihr hier gefalle, so in der Schwebe zwischen Himmel und Erde, in totaler Einsamkeit?

Sie sei nie einsam, sagte sie, denn sie lebe mit Gott und seinem Sohn Jesus Christus.

Diese Antwort zerschmetterte jegliche Hoffnung in mir. Nie würde ich mit Gott und seinem Sohn Jesus Christus im Kloster der Versuchung zusammenleben können, nicht einmal in besonders lauten, chaotischen und strapaziösen Zeiten.

Dafür wuchs mein Wunsch nach einem Haus in Jericho, einem kleinen, ganz bescheidenen Häuschen in einem großen, dschungelartigen Garten, in dem ich zwischen zwei Pfefferbäume eine Hängematte spannen würde. Ich würde, anstatt mit dem Heiligen Vater und Sohn, mit Tieren zusammenleben, vielen verschiedenen Tieren: Katzen, Hunden, Eseln, Ziegen und einem Kamel. Ich würde alt werden ohne den Zwang, über die Jahre hinaus jung bleiben zu wollen. Ich würde der Zivilisation mit ihren Prätentionen, dem Fortschritt mit seinem Mißbrauch Adieu sagen und in der Natur ein ruhiger, fröhlicher, zufriedener Mensch werden.

Auf der Suche nach meinem neuen Domizil begann ich, in die nähere Umgebung Jerichos zu fahren und dort, unter den einzelnen in die Landschaft gestreuten Häusern, Ausschau zu halten. Das war ein schwieriges Unterfangen, denn es gab weder Verbindungsstraßen noch die richtige Kombination von kleinem Häuschen und dschungelartigem Garten. Es gab entweder das eine oder das andere und auch das nur sehr selten. Die meisten Häuser waren für Großfamilien gebaut, und die schienen wenig Wert auf Romantik zu legen. Oder es waren halbzerfallene Katen, in denen ich höchstens meine Esel und Ziegen unterbringen könnte. Oder, in Ausnahmefällen, waren es die berühmten Prachtvillen, von denen meine Freunde gemunkelt hatten, phantasievolle Bauten, das mußte man ihnen lassen, halb Tausendundeine Nacht, halb kitschigstes Hollywood. Und auch den Gärten mangelte es, bei näherer Betrachtung, an paradiesischem Flair, was vielleicht damit zusammenhing, daß so viel Müll darin herumlag – Plastikfetzen, verrostete Metallteile, kaputte Möbel und sogar das Skelett eines amerikanischen Straßenkreuzers.

»Da haben die Leute hier ein Paradies«, sagte ich zu einer weiß-grau-gesprenkelten Katze, die dreckig, aber majestätisch auf einem Mäuerchen saß, »und was machen sie daraus? Eine Schutthalde!«

Doch so schnell gab ich nicht auf. Ich suchte weiter nach meinem Refugium, in dem ich fröhlich alt werden könnte ohne den Zwang, über die Jahre hinaus jung bleiben zu wollen. Dabei entdeckte ich ein zweites großes, verlassenes Flüchtlingslager, das so, wie das andere, gut in die Landschaft paßte; eine Schule, aus der sich ein Strom kleiner, schwarzhaariger, braunhäutiger Mädchen ergoß, alle in grün-weiß-gestreifte Kittelschürzen und lange dunkelblaue Hosen verpackt; und ein Krankenhaus, das in einem ungepflasterten, von stattlichen Bäumen beschatteten, von pickenden Hühnern bevölkerten Hof stand und an ein altes, vernachlässigtes Gehöft erinnerte. Ich überlegte, ob ich mich im Notfall dort hineinbegeben könne und robust genug sei, auch lebend wieder herauszukommen, beschloß dann aber, daß ich mit Überlegungen dieser Art noch warten sollte, bis ich das kleine Häuschen in dem großen Garten gefunden hätte.

In jenem Jahr fand ich es nicht.

Im nächsten, dem Jahr 1970, fuhr ich nicht nur für ein paar Wochen nach Israel, sondern mit der Absicht, mich in Jerusalem für immer niederzulassen. Dieser schwerwiegende Entschluß und seine Folgen hatte den Vorrang vor Jericho, und wenn ich hin und wieder hinabfuhr und unter dem Orangenbaum saß, war ich nicht mehr im Griff der Oase. Anstatt zu verdampfen, verdichteten sich meine Gedanken zu einem Klumpen aktueller Probleme, und mein Blick nahm weniger die Schönheit der Natur als die Leute wahr, die in noch größerer Anzahl in den Lokalen saßen, fotografierten, Obst und Gemüse, Strohkörbe und Plastiktaschen kauften und in Autos und Bussen zum ältesten Turm der Menschheit, zum Omajaden-Palast, zum Kloster der Versuchung und zur Synagoge von Na'aran fuhren. Nasser cousin war verschwunden, und ein neuer Kellner, ein aufdringlicher Bursche, setzte sich ungebeten an meinen Tisch und stellte mir anzügliche Fragen: »You have husband? Boyfriend? You how old? You want to see my house?«

»I want to be left alone, please!!!«

»No good alone. You need man.«

Idiot! Ich brauchte eine Wohnung und, Gott behüte, keinen Mann.

Gott behütete mich nicht. Im Herbst desselben Jahres hatte ich einen Mann und noch immer keine Wohnung. Aber was brauchte ich unter diesen Umständen eine Wohnung in Jerusalem, ganz zu schweigen von einem Häuschen mit dschungelartigem Garten in Jericho! Der Mann war Wohnung und Haus in einem und unsere Liebe ein so großer, fruchtbarer Garten, daß er jeden Dschungel in den Schatten stellte.

Mit ihm fuhr ich an einem Abend, an dem der Vollmond über den Bergen Moabs aufging, auf der schönsten Straße der Welt nach Jericho hinab. Aus der Sehnsucht nach der Vergangenheit war die Ekstase der Gegenwart geworden, aus der Trauer um das Verlorene der Rausch des Besitzes. Aus dem maroden Jericho, das ich kannte, war wieder das unbekannte Paradies meiner Phantasie geworden, aus Phantasie Wirklichkeit.

Jericho, im Platinlicht des Vollmonds, das nur die Konturen hervorhob und einem die Einzelheiten ersparte, zeigte sich von seiner wirkungsvollsten Seite. Man sah die Umrisse der Häuser, die gekräuselten Polster der Baumkronen, die dolchartigen Blätter hochstämmiger Palmen, schwarz und wie gestochen vor dem Hintergrund des tintenblauen, silberbestaubten Himmels.

Es waren viele Männer auf der Straße, auch sie durch das Mondlicht veredelt, scharfe Profile mit Adlernasen, von hellen Tüchern gerahmt. Die

Läden waren zum Teil noch offen, aber die Händler gerade dabei, die Waren vom Bürgersteig zu räumen, die Obst- und Gemüsepyramiden abzutragen. Hinter etlichen Fenstern brannte Licht, matte Glühbirnen oder grelle Neonröhren schnitten Vierecke in die Dunkelheit. Aus einem dieser Vierecke schallte arabische Musik, eine Frauenstimme, die »Habibi, Habibi, Habibi …« klagte, ein Männerchor, der ihr forsch antwortete. Aus dem rotglühenden Kohlenbecken, auf dem immer noch Schaschlik gebraten wurde, stieg der strenge Geruch röstenden Hammelfleisches auf und blieb in der lauen, trägen Luft hängen.

»Glaubst du, daß es hier ein Hotel gibt?« fragte Paul, der Mann, der mir Wohnung und Haus in einem war.

»Das ›Winter Palace Hotel‹ mit der kleinen Bar und den großen Geheimnissen. Ich hab's dir doch schon beim erstenmal, als wir in Jericho waren, gezeigt.«

»Ich meine keine Ruine, sondern ein Hotel.«

»Ich hab' hier noch nie eins gesehen.«

»Ich will aber jetzt mit dir in ein Hotel! Komm, wir fragen den Mann da im Laden. Der sieht aus wie der Bürgermeister von Jericho und muß es wissen.«

Der Mann trug einen zu engen, dunklen Anzug mit Nadelstreifen, sprach etwas Englisch und wußte es tatsächlich.

Natürlich gebe es hier ein Hotel, sagte er und schien über unsere Unwissenheit bestürzt, ein sehr großes sogar. Das »Hisham Palace Hotel«, nur ein paar Schritte weiter, in der breiten Straße.

»Der Mann hat uns arabische Märchen erzählt«, sagte ich, als wir den Laden verlassen hatten. »Die Straße bin ich schon x-mal zu meinem Gartenrestaurant gefahren, und ich habe noch nie ein sehr großes Hotel gesehen.«

»Du warst eben so auf deinen Winterpalast fixiert, daß du die anderen Hotelpaläste nicht gesehen hast.«

Kein Mensch in normalem, also nicht leidenschaftlich verliebtem Zustand hätte das Hotel gesehen, geschweige denn gefunden. Es stand, etwa zwanzig Meter von der Straße zurückversetzt, in einer Lücke zwischen zwei Häusern und sah, wenn auch groß und in einem Stück, trostlos aus. Vielleicht war es der Teppichfetzen, der auf dem Zementstreifen vor der Treppe lag, oder es waren die dunklen Fenster in der kahlen Fassade oder das trübe Licht, das kaum die Schwelle des Eingangs erreichte, auf jeden Fall gelang es nicht einmal dem Mond, den Hisham-Palast zu verschönen.

Wir betrachteten ihn einen Moment lang schweigend, stiegen dann, immer noch schweigend, die paar Stufen hinauf und betraten einen Raum, der in Größe und Düsternis einer Leichenhalle nicht unähnlich war. Neben der Tür, hinter einem brusthohen Holzbord, befand sich der Empfang, dahinter klebte eine Alpenlandschaft, an einem kleinen Schlüsselbrett hing eine Spinne im Netz, aber kein Schlüssel. Ein Mensch war nicht zu sehen. »Ho!« rief Paul mit Donnerstimme. »Ho, ho, hoooo!«

»Pscht«, machte ich, »vielleicht schlafen schon alle.«

»Oder sind tot.«

Ein Gespenst tauchte aus der Dunkelheit auf, ein hagerer, älterer Mann in einem langen weißen Hemd, einem gehäkelten Käppchen auf dem Kopf und einer Gebetskette in der Hand: »Welcome«, sagte er mit einem geselligen Lächeln. »Can I help?«

»You can, Sir«, erwiderte Paul mit ernstem Gesicht, »you can, indeed.«

Ich starrte auf die verschneiten Berge der Alpenlandschaft und fand die Situation peinlich. In keinem teuren oder billigen Hotel der Welt, vor keinem anzüglichen oder arglosen Portier wäre sie mir peinlich gewesen, aber hier, in einer Atmosphäre der Katatonie, ein Zimmer zur Befriedigung vitalster Lebensbedürfnisse zu verlangen, empfand ich schon fast als unanständig. Zum Glück war die Transaktion sehr schnell abgeschlossen, denn es herrschte kein Mangel an leeren Zimmern. Es gab sogar ein besonders schönes, um das Paul in einem Anfall mir unbekannter Naivität bat.

Das gesellige Gespenst begleitete uns zum Zimmer, und nach dem Eindruck der Halle bot weder die Treppe noch der unbeleuchtete Gang eine Überraschung. Auch als er uns die Tür Nummer 27, in die hoch oben eine Glasscheibe eingelassen war, öffnete und mit einem »Welcome« verschwand, waren wir so gefaßt, daß Paul sich sogar zu dem Satz verstieg: »Es hätte schlimmer sein können.«

In der Tat hätte ja nur ein Strohsack auf dem Boden liegen können, und hier standen wenigstens ein Bett, ein Stuhl und auf einem winzigen, runden Tischchen eine dickbestaubte Ballerina in einem echten rosa Tüllröckchen. Auch ein paar Kleiderhaken gab es und ein braungeflecktes Waschbecken.

Na und! Was spielte das schon für eine Rolle! Hauptsache, wir hatten ein Bett und vier Wände, die uns vor allen Blicken verbargen.

Ich schaltete die Glühbirne aus, der Vollmond leuchtete ins Zimmer, Paul nahm mich in die Arme, und wir versanken in einem Kuß. Erst als wir aufs Bett fielen und mein Blick dabei zufällig die Scheibe in der Tür streifte, sah ich das Gesicht eines jungen Burschen, der mit weit aufgerissenen Augen und plattgedrückter Nase ins Zimmer glotzte.

»Paul«, flüsterte ich, »da guckt jemand durch die Scheibe in der Tür und sieht aus wie ein Fisch im Aquarium.«

Paul, der den Vorteil hatte, das Unglaubwürdigste zu glauben und sofort zu reagieren, schnellte vom Bett und war mit einem Satz an der Tür. Hinter der polterte etwas zu Boden und ließ ihn und mich erstarren. Mindestens eine Minute herrschte Totenstille, dann öffnete sich sehr langsam die Tür, und durch den schmalen Spalt schob sich eine Faust, aus der ein schlaffes, geblümtes Handtuch fiel: »This for you. Good sleep.«

»Sind alle irre, diese Araber«, bemerkte Paul, zog die dünne Decke vom Bett und klemmte sie so zwischen Tür und Rahmen, daß sie die Scheibe verdeckte.

»Dein Jericho!« sagte er lachend.

»Mein Jericho«, dachte ich, als ich eine Weile später am Fenster stand und in den häßlichen Hinterhof hinunterschaute, in dem nichts anderes zu entdecken war als zwei überquellende Mülltonnen: »Mein Jericho!« Und ich wünschte, daß diese Stunden nie ein Ende nehmen und wir, Paul und ich, für immer in Jericho bleiben würden. Denn hier waren die Liebe und das Glück gefangen, hier, in diesem schäbigen Zimmer mit der verstaubten Ballerina, dem blassen Mondlicht, der verhängten Fensterscheibe in der Tür, hier, zeit- und raumlos in der Oase. Und wenn wir sie verließen und in das Getöse unserer Welt zurückkehrten, würde die Liebe Sprünge bekommen, immer mehr Sprünge, immer tiefere Sprünge, bis sie schließlich zerschellte.

Ich mußte an Lydia denken, deren Entschluß, alle Brücken hinter sich abzubrechen, vielleicht aus einer ähnlichen Stunde geboren worden war, einer Stunde überwältigenden Glücks, von der sie sich hatte mitreißen lassen, der sie ihr vertrautes, sicheres Leben, ihr Kind geopfert hatte. Oh, Gott, die Macht einer solchen Stunde, der Trugschluß einer solchen Stunde! Oder war es ihr, Lydia, gelungen, ein Leben darauf aufzubauen, fernab dem Getöse und den Zwängen unserer Welt?

»Könntest du hier mit mir leben?« fragte ich Paul, der, eine Zigarette rauchend, auf dem Bett lag.

»Ich könnte überall mit dir leben«, sagte er leichthin.

»Ich habe es ernst gemeint. Du brauchst mir nur mit Ja oder Nein zu antworten.«

Er lachte leise in sich hinein und fragte: »Kannst du mir zehn Minuten Bedenkzeit geben?«

»ICH könnte hier mit dir leben!« sagte ich.

»Ja, mein Engel, das könntest du, und zwar in einem Hirngespinst, das du Jericho nennst. Aber das ist nicht Jericho!«

Er stand auf, trat zu mir ans Fenster und schaute in den Hinterhof hinab: »Das ist Jericho und …«, er stach mit dem Zeigefinger ins Zimmer, »das da! Und der alte Mann im Hemd, der wahrscheinlich seit Jahren keinen Gast mehr gesehen hat, ist Jericho, und der junge Mann, der bis zu dir noch nie eine nackte Frau gesehen hat, ist Jericho ... Ja, und Allahu Akba ist es auch.«

Aus einem Lautsprecher dröhnte die verzerrte Tonbandstimme eines Muezzins, so laut und so unmelodisch, daß ich schnell das Fenster schloß.

»Aus der Ferne«, beschwerte ich mich, »klingt so was sehr schön.«

»Aus der Ferne klingt und wirkt alles sehr schön«, sagte Paul und nahm mich fest in beide Arme, »aber du kannst nicht ein Leben lang den Abstand halten zwischen dir und der Wirklichkeit, glaub mir das.«

Ein Jahr später heiratete ich Paul und lebte mit ihm in Paris. Israel wurde wieder die ferne Heimat, Jerusalem war und blieb mein wahres Zuhause und Jericho, von einer trügerischen Sternstunde gekrönt, ein unerfüllter Traum. Beharrlich hielt ich den Abstand zwischen mir und der Wirklichkeit aufrecht, legte immer noch ein Stück dazu, je mehr Sprünge die Liebe bekam.

Bei meinen jährlichen Besuchen in der fernen Heimat bekam ich Israels Entwicklung in eine etablierte Besatzungsmacht, Jerusalems Wachstum in ein Groß-Jerusalem nur bruchstückweise mit, und es beunruhigte mich nicht. Meine Freunde und Bekannten waren stolz auf die Größe und Stärke ihres Staates und versicherten mir, daß es den Arabern in den von Israel verwalteten Gebieten noch nie so gut gegangen sei. Ich hatte keinen Grund, daran zu zweifeln, denn ich wußte weder, wie es ihnen vorher gegangen war, noch, wie es ihnen derzeit tatsächlich ging. Meine Kontakte zu Arabern waren nach wie vor auf die Abwehr zudringlicher Händler in der Altstadt und das Geschwätz mit den ständig wechselnden Kellnern in meinem Gartenlokal in Jericho beschränkt. Und die topographischen Veränderungen, die aus Israel ein Besiedlungsland, aus Jerusalem eine Festungsstadt machten, waren noch nicht offensichtlich. Wenn ich in die sogenannten verwalteten Gebiete fuhr, schwelgte ich in der Schönheit der unberührten biblischen Landschaft, wenn ich in die Altstadt ging, freute ich mich, daß sie, dank einer neuen Kanalisation, nicht mehr nach Kloake stank, und als eine neue breite Autobahn nach Tel Aviv, neue moderne Häuser in Jerusalem entstanden, war ich trotz meiner Angst vor Veränderungen auch damit einverstanden. Eine schöne Straße, ein paar hübsche Häuser! Schließlich gehörten die zu der neuen Ära, die in Israel angebrochen war.

Auch die Araber in Jericho konnten sich über diese neue Ära nicht beklagen. Sie brachte ihnen Arbeitsplätze und Absatzmärkte, Kunden und

Touristen. Und wenn sich am äußeren Erscheinungsbild des Ortes auch kaum etwas geändert hatte, mußte das wohl an ihnen selber liegen. Denn so gut, wie es ihnen unter den Israelis ging, war es ihnen weder unter den Engländern noch unter den Jordaniern und beileibe nicht unter den Türken gegangen. So sagten meine Freunde und Bekannten, und ich hatte keinen Grund, daran zu zweifeln.

Am Sabbat herrschte wahrhaftig lebhafter Betrieb auf dem Platz mit den Obst- und Gemüseläden, in dem einzigen schönen Geschäft mit alten Kupfer- und Messinggeräten und in den zwei bevorzugten Gartenrestaurants, die, wie schon Udo festgestellt hatte, einen irgendwie gepflegten Eindruck machten. An Wochentagen waren es hauptsächlich Touristen, die nach Jericho kamen, aber keinen Fuß in das Städtchen setzten. Sie wurden in Bussen zu den Ausgrabungen der ältesten Stadt der Welt gefahren, um die sich Händler mit billigen Waren, Stände mit Zitrusfrüchten, ein neues Selbstbedienungsrestaurant mit sauberen Tischen und Waschgelegenheiten und sogar ein bunt geschmücktes Kamel konzentrierten. Man konnte also alles gleich an Ort und Stelle erledigen: besichtigen, essen, kaufen, auf dem Kamel reiten und aufs Klo gehen. Aus den anderen Lokalen stürzten jedoch nach wie vor junge Burschen und versuchten, unter vielen »Welcomes« einen Gast zu schnappen.

»Könnt ihr nicht etwas unternehmen, um auch ein paar von den Touristen abzukriegen?« fragte ich den neuesten Kellner in der »Rose des Jordantals«.

»Maybe«, sagte er mit einem verbindlichen Lächeln.

»Maybe«, dachte ich irritiert, »was soll das heißen! Wahrscheinlich haben sie noch nie daran gedacht, etwas zu unternehmen, geschweige denn einen Versuch gemacht.«

Erst Jahre später, als ich das »Maybe« aus dem Mund so vieler Araber gehört hatte, wurde es für mich zu einem Schlüsselwort. Es war die galante Umschreibung für ein brüskes NEIN, das man Fremden gegenüber zu vermeiden hat, und die vage Möglichkeit eines JA, mit dem man sein Gesicht wahrt. Es war die Resignation eines Volkes, das durch die Jahrtausende von der eigenen Religion, durch Jahrhunderte von fremder Herrschaft entmündigt worden war.

Bei der Bevölkerung von Jericho nahm dieses »Maybe« geradezu kosmische Formen an, und die Resignation war zu einem Normalzustand geworden.

»Maybe war, maybe not war. Maybe rain, maybe not rain. Maybe job, maybe not job.«

Möglicherweise lag es an dem atmosphärischen Druck und der brütenden Hitze, die sich 250 Meter unter dem Meeresspiegel lähmend auf Geist und

Körper legte. Möglicherweise handelte es sich bei den Jerichoern um einen besonders gleichmütigen Menschenschlag, dem es inzwischen ganz egal war, wer ihre Orangen und Bananen kaufte, wer in ihren Gartenlokalen saß und arabische Salate aß. »Welcome«, war ihre Devise, gleichgültig, ob ein israelischer Soldat eine Flasche Coca-Cola verlangte oder ein Zivilist, aus welchem Land auch immer, ein Pfund Datteln. Ihr Blick blieb passiv, ihr Lächeln höflich, und nur ein weibliches Wesen in leichter Kleidung und vorzugsweise blondem Haar konnte eine Stichflamme in ihren Augen entzünden.

»Es sind freundliche, ruhige Leute«, sagten meine Freunde und Bekannten. »Mit ihnen haben wir nie Probleme gehabt.«

Das stimmte. Aus Jericho hörte man nie etwas von Terroraktivitäten oder gar Anschlägen, und wenn man nach einem Krieg oder einer politischen Krise wieder hinunterfuhr, sah man kaum eine Veränderung. Der Ort döste, das Obst faulte, die Bougainvillea blühte vor sich hin, in den Gartenlokalen saßen anstatt fünf Gäste kein Gast, und der auffallendste Unterschied schien darin zu liegen, daß mehr Männer zeitunglesend auf ihren Schemeln hockten und aus den Radios weniger arabische Musik als emphatisch vorgetragene Reden dröhnten.

Das zumindest war der Eindruck, den man als

Fremder mitbekam, und wenn es ein falscher war, wußten die Jerichoer Haß und Wut gut zu verbergen. Ich glaube aber vielmehr, daß ihre Apathie jedes leidenschaftliche Gefühl in ihnen erstickte und sie ausgebrannt waren. Türken, Engländer, Jordanier, Israelis hatten ihnen ihren jeweiligen Stempel aufgedrückt und über sie verfügt. Selbständigkeit, Identität, was waren das für Begriffe? Sie erinnerten sich schon längst nicht mehr daran, fühlten deren Verlust höchstens noch wie einen Phantomschmerz, von dem man weiß, daß da gar nichts mehr ist, was weh tun könnte. Und so lächelte man und sagte »Welcome«, denn schließlich wollte man ja leben: mußte die Familie ernähren, seine Töchter verheiraten, den kranken Vater zum Arzt bringen, einen Fernseher oder ein Schaf kaufen.

»Den Leuten in Jericho ist es noch nie so gut gegangen. Es sind freundliche, ruhige Leute, mit denen wir noch nie Probleme hatten.«

Zwanzig Jahre lang kannte ich die Einwohner Jerichos nur unter diesem Aspekt.

»Wie geht es dir, Mahmud?« fragte ich den Kellner, der merkwürdigerweise die lange Zeit von sechs Monaten überdauert hatte und bei meinem nächsten Besuch in Israel immer noch in der »Rose des Jordantals« bediente.

»Okay«, sagte er, »everything okay. Business not very good, but maybe now better.«

»Why?«

»Maybe soon not so hot.«

Vor dem Haus saß wie immer der Boss in sorgfältig gebügelter Hose und mit undurchdringlich ernster Miene. Er sei reich, hatte mir Mahmud anvertraut, käme aus Ramallah, habe dort ein großes Haus, ein zweites in Jericho und dann auch noch das Restaurant. Es gebe viele reiche Leute aus Ramallah, Nablus und Hebron, die in Jericho ein zweites Haus und Land hätten.

Ich sah zum Boss hinüber. Da hatte ich mir immer Gedanken gemacht, wie er wohl mit den spärlichen Einnahmen seines Lokals über die Runden käme, und dabei war er reich, hatte Besitztümer, von denen ich nur träumen konnte, saß trotzdem jeden Tag vor dieser Bude und schickte Mahmud zu allem Überfluß auf die Straße, um einen Gast zu angeln. Sehr merkwürdige Menschen, diese Araber.

Manchmal kamen ein paar Männer und setzten sich auf ein Gespräch zu dem reichen Boss. Aber der sagte nur selten ein Wort. Einmal kam einer seiner Schwiegersöhne, ein drahtiger, pfiffiger Mann, der an meinem Tisch Platz nahm und erzählte, er sei Ingenieur, arbeite in Kuwait und verdiene dort massenhaft Geld. Wenn er genug verdient habe, käme er zurück, um sich in Ramallah ein großes Haus zu bauen. Viele seiner Landsleute machten es so, gingen für ein paar Jahre in die Golfstaaten oder nach Amerika und bauten sich dann in der Heimat ein Haus. In Israel sei ja nichts zu holen. Da könne man sich bei den schlechten Jobs und den niedrigen Löhnen, die die Juden den Arabern gäben, höchstens eine Kammer bauen.

Diese Mitteilung war mir unangenehm, und ich ging schnell darüber hinweg: Ob die Einwohner Jerichos auch ins Ausland gingen, um sich anschließend ein Haus zu bauen, wollte ich wissen.

»Kaum einer«, sagte der Mann, zog ein mitleidiges Gesicht und machte gleichzeitig eine wegwerfende Gebärde. »Die meisten sind arme Kerle, die nicht die Möglichkeit hatten, etwas Richtiges zu lernen, außerdem haben sie weder Energie noch Ausdauer.«

»Vielleicht ist es das Klima, das die Menschen hier so mitnimmt«, gab ich zu bedenken.

»Maybe«, sagte er.

Doch trotz aller Widrigkeiten, die die Jerichoer zu überwinden hatten, sah ich hier und da den Rohbau eines neuen, groß angelegten Hauses. Im nächsten Jahr und auch im übernächsten war es immer noch ein Rohbau, was daran liegen mochte, daß dem Erbauer entweder das Geld oder die Energie ausgegangen war. Es gelang mir nicht, ein System zu durchschauen, in dem es dem einzelnen Bürger vor allem darum zu gehen schien, sich, ungeachtet des zerrütteten Sozialwesens, ein Haus zu bauen.

Es war nicht das einzige, was zu durchschauen mir nicht gelang.

»Wenn ich nur wüßte, wie die Menschen hier leben«, sagte ich zu Paul, der mit mir nach Israel gekommen war und mich an einem Regentag in Jerusalem nach Jericho begleitet hatte.

»Sie leben, ohne sich so viele Fragen zu stellen wie du und ich, und so lebt's sich möglicherweise leichter.«

Ich glaube, es war das Jahr 1982, also kurz bevor wir uns trennten, und der Einfall, mit ihm dahin zu fahren, wo mich allzu viel an den Beginn unserer Liebe erinnerte, war kein guter gewesen. Aber Paul war der Regen auf die Nerven gegangen, und außerdem schien er weder die Oase noch das »Hisham Palace Hotel« für eine bedeutende Station in unserem gemeinsamen Leben zu halten.

»Manchmal denke ich, die Frauen hier sind viel zufriedener als die im Westen«, sagte ich.

»Ein Huhn, das sich vom Hahn bespringen läßt, Eier legt, sie ausbrütet und für die Küken sorgt, ist auch zufriedener als die Frauen im Westen.«

»Glaubst du wirklich, daß das hier so abläuft?«

»Ja. Nur, daß die Hühner hier im Freien rumlaufen dürfen und die Frauen nicht.«

»Und die Männer?«

»Die dürfen im Freien rumlaufen, aber sie finden nichts.«

Er lachte, legte den Arm um meine Schultern und küßte mich auf die Schläfe.

Wir hatten in dem schönen Geschäft mit den Kupfer- und Messinggeräten eine Schale gekauft, waren an den Läden vorbei zum Platz geschlendert und bogen jetzt in die Straße ein, die zu den Gartenrestaurants führte.

»Hat sich nichts verändert im guten alten Jericho«, sagte Paul.

»Im Zentrum nicht, aber in der Umgebung werden viele neue Häuser gebaut. Jericho ist in den letzten zwei, drei Jahren größer geworden, als man glaubt.«

»Möchtest du immer noch hier leben?«

»Ja, ich hätte hier gern ein kleines Häuschen.«

»Es gibt kein langweiligeres, trostloseres Leben als das in den arabischen Kleinstädten. Man sitzt an den Wänden entlang und trinkt Tee oder Kaffee. Der Fernseher läuft, die Kinder brüllen, die Frauen, so sie älter sind und dabeisein dürfen, schweigen. Ich habe das einige Male durchgemacht und mich nicht mehr gewundert, daß die islamische Welt so hoffnungslos verkorkst ist.«

»Und die westliche ist nicht verkorkst!«

»Oh, doch! Aber auf eine etwas abwechslungsreichere Art.«

Wir waren kurz vor dem »Hisham Palace Hotel«, und ich sagte: »Komm, kehren wir um und nehmen das Auto. Ich will dir mal zeigen, wie groß Jericho wirklich ist.«

»Gleich, aber laß uns erst einen Blick auf unser Palast-Hotel werfen. Es muß doch hier ganz in der Nähe sein.«

Ich war schon oft daran vorbeigegangen, anfangs mit einem Gefühl der Wehmut, später mit dem der Wut und des Grolls, schließlich mit Gleichgültigkeit. Warum also jetzt mit Paul davorstehen wie an einem Grab und statt eines lebendigen Gefühls nur graue Leere empfinden.

»Da ist es ja«, rief Paul, setzte die Brille auf und starrte es an.

»Sieht immer noch genauso häßlich aus«, stellte er befriedigt fest. »Wollen wir mal reingehen?«

»Wozu, um Himmels willen?«

»Um dem alten Mann im Hemd und dem Jungen, dessen größtes Erlebnis wir waren, guten Tag zu sagen ... Ob die Ballerina immer noch da steht?«

»Du erinnerst dich an die Ballerina?«

»Nein«, erwiderte er scharf, »ich erinnere mich an überhaupt nichts mehr. Wenn du das unbedingt glauben willst, dann glaub's.«

Er packte mich im Genick und versuchte, mich zu küssen.

»Bist du verrückt geworden«, schrie ich ihn an, »hier in Jericho, auf offener Straße!«

Er ließ mich los und krümmte sich vor Lachen.

»Hier in Jericho, auf offener Straße!« wiederholte er prustend.

»Na, ist doch wahr«, sagte ich und mußte selber lachen.

Als wir zum Auto zurückgingen, nahm er meine Hand. »Das darf ich in Jericho auf offener Straße«, erklärte er mit Nachdruck.

Ein junges Paar in Jeans, Schlafsäcke auf dem Rücken, kam uns entgegen. Auch sie gingen Hand in Hand, und als wir auf gleicher Höhe waren, sagten sie fröhlich: »Hi!« Ein halbwüchsiger Araber fuhr auf einem Rad dicht hinter ihnen her.

»Glaubst du, die Liebe spielt im Leben der Araber dieselbe Rolle wie in unserem?« fragte ich Paul.

»Gott behüte! Die Liebe spielt bei den traditionellen Arabern überhaupt keine Rolle, kann ja wohl auch nicht, wenn Jungen und Mädchen keine freie Wahl haben und keine Möglichkeit, auch nur einen Moment allein zu sein. Sie werden von ihren Familien verheiratet, und wenn sie Glück haben, ist ihnen der oder die Ausgewählte nicht unsympathisch. Die Ehe ist ein Handelsabkommen, die Mädchen sind die Ware und die Söhne, die geboren werden, die Lebensversicherung für das Alter.«

»Und wie geht das im Bett vor sich?«

»Ich war nicht dabei, aber ich hab' gehört, die Araber sollen sehr potent sein und wie die Karnickel ficken, oft und schnell.«

»Wenn's so schnell geht, stört's die Frauen vielleicht gar nicht.«

»Ein wahrer Trost.«

Neben unserem Auto, einem weißen Mietwagen, standen zwei junge Männer und betrachteten es mit Ehrfurcht. Einer strich mit der Hand behutsam über den Kotflügel, der andere spähte ins Innere des Wagens.

»Wir scheinen gerade zur rechten Zeit zu kommen«, sagte Paul.

»Quatsch! Sie bewundern das Auto, das ist alles.«

Ich lächelte den beiden zu, und sie strahlten zurück.

»Nice car«, sagte der eine. »Japan car«, sagte der andere, »good car, Japan car, very good!«

»Not so good«, sagte Paul und schloß die Tür auf.

»Mercedes better.«

»Much better«, nickte Paul. »Have a cigarette.« Er hielt ihnen die Schachtel hin.

Sie nahmen jeder eine Zigarette, musterten sie, rochen daran und nickten anerkennend. »What cigarette?« fragte der eine.

»Gauloises«, sagte Paul, »french cigarette.«

»I know french cigarette«, sagte der andere.

Paul gab ihnen Feuer und stieg ins Auto. »Nun komm schon«, sagte er zu mir, »so aufregend ist die Konversation nun auch wieder nicht.«

»Tun sie dir gar nicht leid?« fragte ich, als wir losfuhren und die beiden Männer uns nachwinkten. »Es ist doch schrecklich traurig, wie sie sich über eine dämliche Gauloises freuen.«

»Das Mitleid der privilegierten Klasse war mir schon immer suspekt. Bitte, hör auf damit.«

»Nenn es, wie du willst, sie tun mir trotzdem leid.«

»Ich wüßte nicht, warum dir oder mir zwei junge, kräftige Männer, die ein japanisches Auto und eine französische Zigarette ›very good‹ finden, leid tun sollten.«

»Du magst die Araber nicht, nicht wahr?«

»Wie kommt denn das zu dem? Und was sind das für Pauschalbehauptungen? So gesehen mag ich die Amerikaner auch nicht und die Deutschen noch viel weniger. Du vergißt, daß ich Mansur, der muslemischer Algerier ist, zu meinen verläßlichsten und großzügigsten Freunden zähle, und du vergißt, daß ich im Algerienkrieg auf der Seite der Araber stand, und das nicht nur mit dem Mitleid der Privilegierten.«

»Damals hast du sie als Opfer gesehen und dich weniger für sie als für die Gerechtigkeit eingesetzt.«

Er sah mich kopfschüttelnd an und fragte: »Und du, als was siehst du sie heute? Wofür setzt du dich ein?«

Ich schwieg verstimmt, und er lachte in sich hinein, nahm meine Hand und küßte sie. »Wohin fahren wir jetzt?« wollte er wissen.

»Zum Kloster der Versuchung«, brummte ich.

»Auf keinen Fall!«

»In die Synagoge von Na'aran.«

»Hat Jericho nichts Besseres zu bieten als christliche und jüdische Heiligtümer?«

»Den Omajaden-Palast.«

»Ist das vielleicht noch so ein Hotel?«

»Nein, ein richtiger Palast, der mal sehr schön gewesen sein muß. Aber kaum stand er, wurde er von einem Erdbeben zerstört.«

»Das war Josuas Fluch. Armes Jericho! Hat überhaupt keine Chance.«

»Halt mal an«, rief ich, »da ist der Winterpalast.«

Er seufzte, hielt und zündete sich eine Zigarette an. »Könntest du dir nicht mal eine andere, amüsantere Obsession als diese Ruine zulegen?« fragte er.

»Wenn ich nur wüßte, was aus Lydia geworden ist!«

»Ein gutes arabisches Huhn und ein glücklicher Mensch.«

»Ich wäre gern mal Huhn gewesen.«

»Klar«, grinste er, »du hast auch alle Voraussetzungen dafür.«

Ich stieg aus und ging zu der niedrigen, brüchigen Mauer, die das Grundstück von der Straße trennte. Paul folgte mir. In der Nähe der ebenerdigen Eingangstür mit dem himbeerroten Rahmen lag eine tote Katze mit aufgetriebenem Bauch.

»Schrecklich«, sagte ich, »warum nimmt sie denn keiner da weg!«

»Weil man das hier für überflüssig hält. Warum sollte eine tote Katze nicht vor einem toten Hotel liegen.«

Plötzlich weinte ich, leicht, lautlos und ohne ersichtlichen Grund.

»Was ist?« fragte Paul und zog mich an sich. »Worüber weinst du? Über uns, über Lydia, über die Katze, über Jericho?«

»Ja«, sagte ich überrascht, »ich glaube, das ist es. Ich weine über all das, was tot ist.«

Als ich im Herbst 1983 für immer nach Jerusalem zog, verloren meine Besuche in Jericho das Flair des Seltenen, Ungewöhnlichen, und eine gewisse Entzauberung setzte ein. Die verdankte ich allerdings nicht nur einer realistischeren Einstellung dem Ort meiner Träume gegenüber, sondern auch – oder vielleicht sogar vor allem – äußeren Umständen. Wenn ich die einstmals schönste Straße der Welt hinunterfuhr, fing mein Ärger bereits hinter den letzten Häusern Bethaniens an, schwoll mit der

Zahl der Kilometer, die ich hinter mir zurückließ, und war, bis ich Jericho erreichte, nicht wieder abzubauen. Denn rechts und links dieser neu asphaltierten, erweiterten Straße war man der Judäischen Wüste zu Leibe gegangen und hatte angefangen, ihr eine strategische Funktion zu geben. Solche Funktionen zeichnen sich offenbar durch Einzäunungen aus und, natürlich, durch Besiedlung. Es gab also jede Menge Maschendraht- und Stacheldrahtverhaue, die leere Flächen umschlossen und somit sich selber ad absurdum führten. Es gab aber auch Stacheldraht- und Maschendrahtumzäunungen, hinter denen Baracken, Caravans, Betonklötze oder Zelte standen und einen somit wissen oder ahnen ließen, daß es sich hier um militärische Einrichtungen oder die ersten kläglichen Vorboten einer Siedlung handelte.

Eine davon, die etwa zehn Kilometer von Jerusalem entfernt lag, hatte das Stadium der Behelfsunterkünfte längst überschritten und fraß sich mit Heißhunger in die Wüste hinein. Der Planer dieser Siedlung mußte die Vision eines Schweizer Vororts vor Augen gehabt haben, denn statt die Häuser dem herkömmlichen Baustil und der Landschaft anzupassen, hatte er den besonders schicken rote, spitze Ziegeldächer, Loggias und grobe Fenster verpaßt. Es gab dort also Einfamilienhäuser, Appartementhäuser, Villen, Bungalows und dazwischen Gärten, in denen sich zu meinem

Erstaunen grüne Flecken bildeten und kleine Bäumchen ihre Zweige reckten. Auch die Hänge der Hügel, auf deren schön geschwungenen Rücken Häuser ritten, waren bis zum Fuß bepflanzt worden, und als die Winzlinge, meine Beschwörungen mißachtend, immer größer wurden und baumartige Formen annahmen, verlor ich die Fassung. Nicht einmal die stolze Judäische Wüste verweigerte sich der eisernen Entschlossenheit der Israelis, eine bayerische Alm aus ihr zu machen. Also bitte schön, dann macht mal weiter! Und sie machten weiter.

Neue schwarzgeteerte Straßen wurden in sichtbarer Entfernung gebaut, immer neue rotbedachte Siedlungen auf die Kämme der Hügel gespuckt, Wasserrohre und elektrische Leitungen gelegt, Richtungsschilder angebracht. Die Beduinen, denen der Einbruch sogenannter Zivilisation genauso unwillkommen war wie mir, zogen sich mit ihren Zelten und Tieren von der Straße zurück, die Kamele waren verschwunden, die Schaf- und Ziegenherden nur noch aus der Ferne zu sehen. Selbst in der Ebene mit ihrer hartgebackenen, steinigen Erde hatte man weite Flächen mit Bananen bepflanzt, und so wie in den Gärten der Siedlung und auf den Hängen der Hügel geschah auch hier das Wunder: Die Stauden wuchsen, entfalteten große, kräftige Blätter, trugen Früchte. Und in dem Maße, in dem sich die Bebauung und Bepflanzung ausbreitete, schrumpfte das ehemalige Flüchtlingslager. Mehr und mehr Hütten zerfielen oder waren, freie Plätze hinterlassend, wie vom Erdboden verschluckt. Es war, als würden sie von Geisterhand zerstört, denn nie sah ich Arbeitstrupps, die die Behausungen ein- oder abrissen. Ich sah sie nur schwinden, nicht von heute auf morgen, sondern über Monate, ja, Jahre, und mit jeder dieser mir vertrauten Lehmhütten fühlte ich mich meiner Erinnerung, meiner Vergangenheit, meiner Jugend beraubt. Ein absurdes Gefühl und vielleicht ein letztes Sich-Aufbäumen gegen den unaufhaltsamen Fortschritt und endgültigen Zusammenbruch meiner Träume.

Meine Erbitterung über die Mißhandlung der schönsten Straße der Welt war so gewaltig, daß ich in jener Zeit selten nach Jericho fuhr. Erst als ich die Allon Road entdeckte, eine neue Straße, die von der alten, verstümmelten abzweigt und sich in Serpentinen durch die Judäische Wüste windet, wurde es wieder Ziel häufiger Besuche. Mit der Allon Road fand ich noch einmal die grandiose, unberührte Landschaft wieder, die Welt in ihrer Urform, die Illusion, mich in einer unbevölkerten Weite zu verlieren. Auch mein Haus fand ich dort, einen ebenerdigen Bau aus lehmfarbenen Ziegeln, am Scheidepunkt zwischen hohen, kahlen Wüstenhügeln und grüner Fülle. Mein Haus nannte ich es und sah mich dort als alte, abgeklärte Frau, umgeben von Tieren und Pflanzen, endlich im Einklang mit Leben und Tod. Es war der letzte Zipfel eines Traumes, den ich mir mehr zur eigenen Erheiterung als zu tröstlicher Erbauung leistete.

Mit der Allon Road begann für mich die letzte unbeschwerte Phase zahlreicher Jericho-Fahrten. Sie dauerte drei Jahre, genau gesagt, bis zum Dezember 1987, dem Beginn der Intifada und meiner unausweichlichen Konfrontation mit der Wirklichkeit.

Morgen fahre ich nach Jericho«, sagte ich zu Henry, der zeitunglesend in einem Sessel saß. »Komme, was da wolle, ich fahre!«

»Der Herr sei mit dir«, brummte er, ohne die Zeitung zu senken oder den Blick zu heben.

»Ich lasse mir Jericho nicht wieder nehmen, hörst du!«

»Ich höre, du brauchst nicht so zu schreien.«

»Es ist doch grotesk! Jetzt habe ich alles – fast alles –, was ich mir jemals gewünscht habe: ein Land, eine Stadt, eine herrliche Wohnung, ein Leben, mit dem ich mich identifizieren kann, und plötzlich, paff, passiert das! Die Scheuklappen, die ich ein Vierteljahrhundert lang getragen habe, sind futsch, und alles gerät wieder ins Wanken.«

»Böse Araber! Im entscheidenden Moment machen sie paff, und alles ist futsch.«

»Du weißt genau, daß ich nicht das damit sagen wollte.«

Ich trat an eines der vielen Fenster, durch die man aus meiner Wohnung auf den arabischen Teil der Stadt, das Dorf Abu Tor und die Judäische Wüste blicken konnte. Da, hinter dem langgestreckten, leicht gewellten Hügelzug, an dem nur noch vereinzelte Häuser und Bäume emporkletterten, lag die Straße nach Jericho, die einstmals schönste Straße der Welt, die ich im Sommer 1967, nach sechs Jahren sehnsüchtigen Wartens, zum erstenmal hinuntergefahren war – einem Traum entgegen, einer blühenden Oase, einem »Winter Palace Hotel«, in dem junge Juden, Araber und Engländer getanzt, geflirtet und geliebt hatten.

»We'll meet again, don't know where, don't know when ...«, sagte ich.

»Ein Rückfall in den alten Traum?« erkundigte sich Henry.

Ich drehte mich um. Er hatte die Zeitung zu Boden fallen lassen und betrachtete mich mit seinem unberechenbaren Lächeln, das von liebenswürdiger Anteilnahme in boshafte Ironie umkippen konnte. Henry, mit dem mich seit einem Jahr eine enge Freundschaft verband, war zwölf Jahre jünger als ich, englischer Jude und Korrespondent einer großen Londoner Zeitung.

»Komm doch mit«, sagte ich.

»Wohin? Nach Jericho, ins ›Winter Palace Hotel‹ zu einem Drink an der Bar aus Zedernholz und einem Foxtrott auf der Tanzfläche aus Marmor?«

Sein Lächeln vertiefte sich, klebte zuckersüß um seine Lippen, vereiste in seinen Augen: »Hast du immer noch nicht genug?« fragte er scharf.

»Wovon?«

»Von deinen Träumen! Mit deinem ersten Mann bist du nach Jericho gefahren und hast davon geträumt, ihn loszuwerden und im ›Winter Palace Hotel‹ das zweifelhafte Glück einer Lydia zu finden; mit deinem zweiten Mann bist du nach Jericho gefahren und hast davon geträumt, dort, im Schoße der Oase, bis in alle Ewigkeit liebend vereint, mit ihm zu leben; dann bist du allein nach Jericho gefahren und hast davon geträumt, 250 Meter unter dem Meeresspiegel, in der ältesten Stadt, am Arsch der Welt, fröhlich alt zu werden ...«

»Ja«, unterbrach ich ihn, »und das bin ich nun geworden – wenn auch nicht gerade fröhlich – und habe den Wunsch, mit dir nach Jericho zu fahren, um unter dem Orangenbaum Tee zu trinken. Was hast du daran auszusetzen?«

»Den Tee. Ich mag keine Pfefferminzblätter, und außerdem muß ich nach Gaza.«

»Schade«, sagte ich und lachte, »jetzt habe ich endlich den Mann, der wohltuenderweise keine Träume in mir weckt, und dann mag er keine Pfefferminzblätter und fährt, statt mit mir nach Jericho, nach Gaza.«

Ich wandte mich wieder dem Fenster zu und schaute auf das arabische Dorf hinab, das mit seinen schlichten, in die Hügel gebauten Häusern, dunkelgrünen Baumgruppen und ländlichen Geräuschen ein Sinnbild des Friedens zu sein schien. Es hatte für mich das Mysterium und den besonderen Reiz, der von einer fremden Kultur ausgeht, war eine andere Welt, in der das Leben noch den Gesetzen der Natur folgte, eine Welt, die von dem westlich geprägten Teil Jerusalems, an dessen Saum ich wohnte, kraß abstach.

Unvorstellbar, daß diese biblische Landschaft Gefahren bergen konnte, und dennoch war ich seit Beginn des Aufstands nie mehr durch das Dorf gefahren oder gegangen, hatte mir eingestehen müssen, daß mich das Sinnbild des Friedens nicht mehr von seiner Friedfertigkeit überzeugte.

»Solltest du wirklich nach Jericho fahren«, sagte Henry in seinem geschliffenen Oxford-Englisch, das so gut zu ihm paßte, »dann mach deine alten französischen Nummernschilder ans Auto, nimm die Umgehungsstraße und fahr nicht durch die Vororte von Ostjerusalem; laß die Fenster zu und gib Gas, wenn du Gruppen von Kindern oder Jugendlichen siehst.«

»Schon gut, Henry«, seufzte ich, »ich weiß das alles, und ich habe keine Angst. Wäre ja noch schöner, wenn ich Angst hätte, nach Jericho zu fahren!«

Nein, Angst hatte ich nicht, als ich mich am nächsten Tag nach Jericho aufmachte, aber ein mulmiges Gefühl, das hatte ich doch. Besonders, als ich, Henrys Rat mißachtend, durch die Vororte von Ostjerusalem fuhr. Es war der kürzere, schönere und mir vertraute Weg, und das schien mir wichtiger als die Sicherheit einer unansehnlichen Straße.

»Wird schon nichts passieren«, sagte ich laut zu mir selber und winkte einem älteren Araber zu, der nahe am Straßenrand stand und mich erstaunt anschaute.

»Ich fahre nach Jericho«, nickte ich, »und keiner wird mich davon abhalten.«

Als ich Bethanien hinter mir gelassen hatte und in die Judäische Wüste eintauchte, überkam mich das lang vermißte Glücksgefühl. Ich öffnete die Fenster und sang: »Oh, give me land, lots of land under sunny skies above, dooooon't fence me in …«

Da waren sie wieder, meine Hügel, Wunderwerke der Natur, kantige und sanft gerundete, tief gefurchte und seidig glatte; und da war sie wieder, die große, schmucke Siedlung, hatte viele neue rotbedachte Villen geboren und bunte Gärtchen aus dem kargen Boden gestampft. Da war die Karawane goldgelber Elefanten und das anthrazitgraue, männliche Profil mit dem Stoppelbart aus verdorrtem Buschwerk; und da waren sie, die Maschen- und Stacheldrahtverhaue, die Baracken und Caravans. Da war in der Ferne die Herde brauner Ziegen und, im Blau des Himmels verankert, das Mobile aus großen schwarzen Vögeln; und da war ... Aber nein, die Verunstaltung dieser herrlichen Landschaft, die brauchte man ja nicht zu sehen. Man mußte den Blick in die Ferne und Höhe richten, da war die Welt noch heil.

Ich fuhr und lächelte mal in die Ferne, mal in die Höhe. Ich konnte sie blind fahren, meine Straße, kannte jede Kurve, jedes Gefälle, jede Unebenheit. An der Abzweigung, die zur Allon Road führte, zögerte ich, beschloß dann aber, den direkten Weg zu nehmen. Nicht alles gleich auf einmal! Das nächste Mal würde ich die Allon Road fahren, mit Henry und einem Schild hinter der Windschutzscheibe, das uns als »Foreign Press« auswies.

Die Ebene schien mir grüner zu sein als vor vier Monaten, aber inzwischen war ja auch Frühling geworden, und dem gelang es, aus unfruchtbarstem Boden Gräser und kleine, wilde Blumen zu locken. Am Kontrollpunkt winkte mich ein israelischer Soldat gleichgültig an sich vorbei, und daraus schloß ich, daß in Jericho noch keine Steine flogen. Das Flüchtlingslager war um ein paar weitere Lehmhütten zusammengeschrumpft, und an der Einfahrtstraße nach Jericho standen die Feuerakazien in voller flammendroter Blüte.

Von der kleinen Stadt ging eine Art Erstarrung aus. Ich kam mir vor wie in einer Filmkulisse, in der ein paar erschöpfte Statisten auf den Ruf »action« warten. Doch statt dessen erhob der Muezzin seine donnernde Stimme, die erzürnt die Größe Allahs pries. Ein paar Männer hockten teilnahmslos vor ihren leeren Läden, lehnten an den Hausmauern, schlurften über den Platz. Touristen, geschweige denn Israelis, waren nirgends zu entdecken, und die hübsch aufgebauten Obst- und Gemüsepyramiden blieben unangetastet. Um das Gebäude, das die israelische Militärpolizei beherbergte, zog sich jetzt ein hoher Maschendrahtzaun. Dahinter waren zwei Jeeps und ein paar Soldaten zu sehen, Menschenaffen in einem Käfig.

Mein Herz zog sich zusammen, und ich trat so heftig aufs Gas, daß die Reifen aufschrien und zwei Männer, aus ihrer Apathie gerissen, die Köpfe hoben und meinem Auto nachstarrten.

Mein Gartenrestaurant, »Die Rose des Jordantals«, war ausgestorben. Nicht einmal eine Katze saß auf einem der vielen Tische. Ich blieb im Auto sitzen und schaute zu dem Orangenbaum hinüber, der in den letzten zwanzig Jahren meines rastlosen Lebens zu einem Fixpunkt geworden war, ein stiller, schattiger Platz, an dem ich immer wieder meinen Gedanken und Träumen nachgehangen hatte. Und jetzt, da ich endlich Fuß gefaßt und meinem Leben eine feste Form gegeben hatte, wurde er zu einem Anblick des Jammers, einer Reliquie der Vergangenheit, in deren dichtbelaubten Zweigen vergessene Orangen schrumpelten.

»Aus der Traum«, sagte ich in Richtung des Baumes, »aber so ist das eben – ein Traum stirbt, ein neuer wird aus dem toten geboren.«

Ich ließ den Motor an und schaltete den Rückwärtsgang ein, als die Tür des kleinen Hauses aufgerissen wurde und George auf der Schwelle stand. Er sprang fünf Stufen in einem Satz hinunter, schoß durch den Garten und warf sich buchstäblich über die Kühlerhaube meines Autos.

»My friend!« rief er. »Don't go away!«

»Ich dachte, es sei kein Mensch mehr hier«, sagte ich und stieg aus. Er packte meine Hand und hörte nicht auf, sie zu schütteln.

»Nein, kein Mensch mehr hier«, sagte er düster, »kein Mensch, nur George.«

George war der Nachfolger von Mahmud, und wenn es noch weiter bergab ging, vermutlich derjenige, dem keiner mehr folgen würde. Er hatte vor zwei Jahren als kleiner, dünner Kellner in dem

Restaurant zu arbeiten begonnen und war, dank seiner Pfiffigkeit und Schläue, zur grauen Eminenz des Lokals aufgestiegen. Nicht, daß sich die »Rose des Jordantals« dadurch zu voller Pracht entfaltet hätte, aber das spielte letztendlich keine Rolle. Zeit ist für die Araber ein unklarer Begriff, und was nicht war, konnte »maybe« immer noch werden. Auf jeden Fall hatte George große Pläne für das Restaurant gehabt: neue Gerichte, neue Plastiktische und Stühle, drei Kellner in hübschen Uniformen, eine arabische Kapelle mit Bauchtänzerin, ein beleuchteter Springbrunnen. Er hatte es dann auch tatsächlich zu zwei Kellnern gebracht, die er, so wie zuvor sein Boss, alle paar Wochen wechselte. Dessen ungeachtet hatte eine seiner zehn Schwestern Uniformen genäht, kornblumenblau mit roten Epauletten, die den jeweiligen unbedarften Jungen entweder zu groß oder zu klein gewesen waren. Die arabische Kapelle hatte ein einziges Gastspiel gegeben und das kleine, einstmals türkisgrüne Becken drei dünne, hohe Wasserstrahlen gespien. Bauchtänzerin und Beleuchtung waren ausgefallen.

Aus der Traum, und aus dem immer noch kleinen, dünnen George würde nie der stattliche Manager eines florierenden Etablissements werden.

»Komm«, sagte er, meine Hand in der seinen behaltend, »setz dich an deinen alten Platz. Ich bringe dir gleich Tee.«

Mein alter Platz unter dem Orangenbaum, an dem ich vor zwei Jahrzehnten zum erstenmal gesessen hatte und in den Bann der Oase geraten war. Jetzt, angesichts des sich selbst überlassenen Gartens, schien sich meine Vision von damals zu bewahrheiten. Der Tag, an dem die sich ewig erneuernde Natur über die Vergänglichkeit des Menschen triumphieren und sich der Garten in einen gierigen, alles verschlingenden Dschungel verwandeln würde, war nahe.

George kam mit dem Tee, setzte sich zu mir und begann ein Gespräch nach den zeitraubenden Regeln arabischer Höflichkeit.

»Wie geht es dir, my friend?«

»Danke, es geht.«

»Schönes Wetter heute, noch nicht zu heiß.«

»Ja.«

»Du warst sehr lange nicht mehr hier. Ist es dir gut gegangen?«

»Wunderbar, George, einfach wunderbar. Und dir, nehme ich an, geht es genauso wunderbar.«

Er grinste, indem er seinen buschigen Schnurrbart, der viel zu groß für sein kleines Gesicht war, ein wenig in die Höhe zog.

»So ist das Leben«, sagte er.

George, mit dem ich in den letzten zwei Jahren schon viele tiefsinnige Gespräche über Leben und Tod, Gott und die Welt, Geld, Familie, Freundschaft und Gerechtigkeit geführt hatte, war ein eingefleischter Pessimist. Aus diesem Grund hatten wir viele gemeinsame Themen und Ansichten, die bei ihm meistens in dem Satz gipfelten: »So ist das Leben!« Heute allerdings fügte er noch einen zweiten Satz hinzu: »Und die Menschen mit ihren schwarzen Seelen verdienen kein besseres.«

»In der Tat«, stimmte ich zu.

Er zupfte zwei Zigaretten aus einem zerknüllten Päckchen, gab mir eine, steckte die andere unter seinen Schnurrbart und zündete sie an.

»Da waren wir auf dem besten Weg«, fuhr er fort, »die Touristen kamen, die Israelis kamen, man aß, man trank, man verdiente Geld, und plötzlich schmeißen diese Verrückten Steine und Molotow-Cocktails, verjagen die Touristen und führen Krieg mit den Israelis. Haben keinen Verstand im Kopf und kein Essen im Bauch und kein Barthaar im Gesicht und keine Waffen in der Hand und führen Krieg mit den Israelis!«

»George«, rief ich, denn hier trennten sich unsere gemeinsamen Ansichten, »wie kannst du so reden! Es geht hier um ein Prinzip, um eure Rechte und Menschenwürde und nicht um die paar Touristen und Israelis, die bei euch ein Humus essen und einen Orangensaft trinken. Es geht um eure Männer, die in Israel die niedrigsten Arbeiten verrichten müssen und dafür die Hälfte des Lohnes bekommen, der ihnen zusteht ...«

»Und was bekommen sie jetzt?« unterbrach er

mich. »Einen Schlag auf den Kopf bekommen sie, ein Loch in den Bauch oder den Rücken, eine Sprengstoffladung unters Haus, Gefängnisgitter vor die Nase. Ist das besser als ein halber Lohn, zehn Shekel für ein Humus und noch mal fünf für einen Orangensaft? Und wenn ich die neuen Gerichte gekocht hätte, was meinst du, wie sie da gekommen wären!«

»Ja, in Massen wären sie gekommen und vorneweg die Siedler, die ihre entzückenden Häuser auf euer Land bauen, das heißt, ihr baut sie ihnen für den halben Lohn. Und möglicherweise wären sie wirklich gekommen, wenn ihr euch schön geduckt und weniger Kinder bekommen hättet und mehr und mehr abgewandert wärt, wenn nicht freiwillig, dann eben gezwungenermaßen.«

»Du sprichst wie einer von unseren Aktivisten: Laßt euch Arme und Beine abschießen, und ihr seid Helden, laßt euch totschießen, und ihr seid Märtyrer und kommt geradewegs ins Paradies. Ich, für mein Teil, möchte lieber Arme und Beine haben und am Leben sein als Märtyrer im Paradies oder hungernder Krüppel im Rollstuhl.«

»Fühlst du dich überhaupt nicht solidarisch mit deinen Leuten?«

»My friend, Solidarität kann man sich dann leisten, wenn man reichlich oder nichts zu essen hat.«

»Bist du eine Ausnahme oder denken viele Menschen in Jericho wie du?«

»Sie denken überhaupt nicht, aber das Wichtigste wissen sie wenigstens. Sie wissen, daß die Israelis die Macht haben und mit uns machen können, was sie wollen. Schau, wir wollen hier unseren Frieden und unser Stückchen Land behalten. Unsere Rechte! Keiner weiß mehr, was das ist. Mein Urgroßvater lebte schon unter fremder Herrschaft, und meine Enkel werden es auch tun. Ein armer Mann ist immer unterdrückt, wenn nicht von Fremden, dann von seinen eigenen Leuten. Es gibt in jedem Volk gute und schlechte. Ich spreche Hebräisch und habe Freunde unter den Israelis. Sie sind gekommen, sie haben mir manchmal sogar geholfen. Soll ich jetzt Steine auf sie schmeißen? Vielleicht treffe ich die Guten, einen Freund, vielleicht treffe ich dich.«

Eine von den verschrumpelten Orangen fiel haarscharf an meinem Kopf vorbei auf den Tisch.

»Wenn du nicht schmeißt«, sagte ich, »schmeißt der Baum. Ein Heldenbaum.«

George lachte wie ein kleiner Junge, fiel vor Lachen fast von dem wackeligen Stuhl.

»Warum laßt ihr sie da verfaulen?« fragte ich, nach der kleinen, braunfleckigen Orange greifend. »Warum pflückt ihr sie nicht wenigstens und macht Marmelade draus?«

»Marmelade!« wieherte George. »Marmelade! Was braucht der Boss Marmelade? Der braucht gar nichts, der hat alles. Seine Söhne sind im Ausland, seine Töchter gut verheiratet, in Jericho hat er ein Haus und viel Land, in Ramallah hat er ein Haus und viel Land, und für meine Arbeit zahlt er mir, so wie die Israelis, den halben Lohn, und das auch nur, wenn er dazu aufgelegt ist.«

Georges Gesicht verdüsterte sich und hatte plötzlich Ähnlichkeit mit der braungefleckten, verschrumpelten Orange in meiner Hand.

»Das Restaurant wäre schon längst tot«, sagte er, »wenn es mich nicht gegeben hätte. Alles habe ich dafür getan, meine ganze Kraft habe ich dafür gegeben. Von früh morgens bis nachts war ich hier, hab' den Kellnern, den Trampeltieren, Manieren beigebracht, hab' gekocht und den Touristen aufgelauert und den Garten gepflegt. Jeden Gast verdankt er mir, den Springbrunnen auch und die hübschen Uniformen, die meine Schwester für die Kellner genäht hat. Er hat vor der Tür gesessen und im Kopf die Oliven-, Orangen- und Mandelbäume nachgezählt, die ihm gehören, und ich hab' geschuftet. Jetzt sitzt er in Ramallah vor der Tür und läßt mich machen. ›George‹, hat er gesagt, ›wenn kein Gast mehr kommt, sperr alles ab und geh.‹ Aber den halben Lohn hat er mir schon zwei Monate nicht gezahlt. Meine Rechte, meine Menschenwürde! Um die zu verlieren, brauch' ich die Israelis nicht. Dafür hat der Boss mit seiner schwarzen Seele schon gesorgt.«

»Und was wirst du jetzt machen?« fragte ich kleinlaut.

»Die Türen absperren und gehen. Mein Vater ist tot, meine Mutter ist alt, meine Frau ist dumm, meine Kinder sind klein, sieben von meinen Schwestern sind noch nicht verheiratet.«

Er schwieg lange, dann schrie er in höchster Verzweiflung: »Ich werde nach Amerika gehen!«

»Hast du das Geld dazu?«

»Nein.«

»Das israelische Laissez-passez?«

»Nein.«

»Das amerikanische Visum?«

»Nein.«

»Also, wie kommst du dann nach Amerika?«

»Ich weiß nicht, aber maybe …«

Eine zweite Orange knallte auf den Tisch und rollte über den Rand auf den Boden.

George begann wieder zu lachen, und ich lehnte mich erschöpft auf meinem Stuhl zurück und schaute in die Ferne, auf den zimtbraunen Höhenzug der Judäischen Wüste, auf die unendlich hohe Palme, die sachte ihre gefächerten Blätter bewegte. Ja, in der Ferne war die Welt noch heil.

Henry lachte, als ich ihm meinen trostlosen Eindruck von Jericho und das bizarre Gespräch mit George schilderte.

»Aus Jericho wird nie was«, meinte er, »das habe ich dir gleich gesagt. Wenn Israel in fünfzig Jahren die gesamten besetzten Gebiete zurückgegeben hat, wird in Jericho immer noch der Davidstern flattern.«

»In wie vielen Jahren?« fragte ich und vergaß über dem Schreck, Jericho mit seinem Klima zu verteidigen.

»In fünfzig ... oder vielleicht fünfundvierzig. Im übrigen hat dein George gar nicht so unrecht, wenn er behauptet, es sei ganz wurscht, wer über Jericho herrsche und die Einwohner unterdrücke. Es sind arme, unbeholfene Teufel, die von dem eigenen Volk genauso ausgenutzt werden würden wie von irgendeinem anderen. Von den zwei, drei reichen Familien abgesehen, haben sie seit Jahrhunderten nie mehr besessen als ein kleines Stückchen Land. Das und ihre Ruhe genügen ihnen. Ich glaube, das letzte Mal, als sie aus ihrem Phlegma gerissen wurden, war, als Josua die Posaunen blasen ließ und die Stadtmauer einstürzte.«

Jetzt brachte ich doch noch meinen Satz an und sagte: »Das Klima laugt sie einfach aus.«

Es vergingen Wochen, bis ich nach meinem letzten entmutigenden Besuch wieder nach Jericho fuhr. Inzwischen waren aus den »Arabern« Palästinenser geworden, aus den »Unruhen« die Intifada, und mit diesen zwei offiziell anerkannten Wörtern wurden zum erstenmal in der zionistischen Geschichte ein totgeschwiegenes Volk und seine nicht mehr zu bagatellisierende Freiheitsbewegung sichtbar.

»Jetzt ist es soweit«, sagte Henry, »es gibt kein Zurück mehr, and the song will go on until its bloody end.«

»Laß uns die Palästinenser in Jericho besuchen und sehen, was die Intifada dort unten macht«, sagte ich an einem Tag im Juni.

»Du hast die Palästinenser mitsamt der Intifada vor deinem eigenen Haus. Genügt dir das nicht?« fragte Henry.

»Ich habe Sehnsucht nach meiner Oase.«

»Na schön.«

Wir fuhren in Henrys Wagen, hinter der Windschutzscheibe das Schild »Foreign Press« und eine schwarz-weiß gewürfelte Kefije. Trotz dieser Sicherheitsvorkehrungen nahm er die Umgehungsstraße und schnitt meinen Protest mit den Worten ab: »Ich fahre, darling, und du hältst den Mund.«

»Dann nehmen wir wenigstens die Allon Road«, bat ich, »die direkte Straße ist richtig unästhetisch geworden.«

»Ich wünschte, du würdest endlich mal ein paar Steine abkriegen«, sagte er unfreundlich, »dann würdest du schleunigst von deinem Ästhetik-Trip runterkommen.« Doch als wir an die Abzweigung kamen, murmelte er: »Jetzt reicht's mir selber«, und schwenkte in die Allon Road ein.

Ich schwieg und betrachtete verzückt die Landschaft. Er sang und nahm die Kurven wie ein Rennfahrer.

»Mußt du so rasen?« fragte ich schließlich. »Du kannst doch kaum was sehen, wenn du so rast.«

»Oh, ich sehe, darling, ich sehe! Ich sehe was, was du nicht siehst: die kleinen Treppchen, die unter die Erde führen, die kleinen Bunkerchen, die großen, kahlen Flächen, unter denen man alles eingebuddelt hat, was man so zu einem Krieglein braucht.«

»Ich weiß wirklich nicht, wovon du sprichst!«

»Das glaube ich dir. Du glotzt ins Paradies, und ich spähe in die Hölle. Was meinst du, was sich hier unter uns befindet? Ein ganzes Kriegsarsenal!« Und er begann, »Shalom Aleichem« zu singen.

»Du willst mir die Allon Road unter allen Umständen vermiesen«, sagte ich und sah ihn böse an. Aber sein Profil war so hübsch gebräunt und gut geschnitten, seine Stimme so melodisch, daß ich lächeln mußte.

»Du bist ungerecht«, grinste er, »wer fährt denn mit dir in dieses verkümmerte Jericho?«

Jericho war in der Tat so verkümmert, daß sich selbst über die Pflanzenwelt ein Grauschleier gelegt zu haben schien.

»Und was machen wir jetzt hier?« fragte Henry beleidigt.

»Was wir immer machen. Wir gehen in die ›Rose des Jordantals‹ und trinken Tee.«

»Ich brauche in dieser Friedhofsatmosphäre etwas Stärkeres als Tee.«

»Du kannst ja eine Flasche Wein from the Holy Land trinken.«

Die »Rose des Jordantals« war geschlossen, das Gartentor mit einem schweren Schloß verhängt, die Rolläden vor den Fenstern des kleinen Hauses heruntergelassen. Der Garten hatte sich nicht, wie in meiner Vision, in einen gierigen Dschungel verwandelt, sondern in eine verdörrte Einöde. Allein die Orangenbäume hatten überlebt. Unter dem meinen stand das Klodeckel-Tischchen und war mit Vogelmist bedeckt.

»Dreiundzwanzig Jahre«, murmelte ich und ließ die Tränen laufen, »mir ist, als sei jemand, der mir sehr, sehr nahe stand, gestorben.«

»Sieht scheußlich traurig aus«, sagte Henry und

zog meinen Kopf an seine Schulter. »I am sorry, darling.«

»Wo George bloß ist! Ich habe nicht mal seine Adresse oder auch nur seinen richtigen arabischen Namen.«

»Er ist auf seinem fliegenden Teppich nach Amerika gereist.«

»Ach Henry, glaubst du, daß die ›Rose des Jordantals‹ noch einmal öffnet?«

»Irgendwann einmal sicher, aber so lange können wir hier nicht warten. Schauen wir uns mal nach einem anderen Restaurant um.«

Nur ein einziges Lokal hatte, unter einem guten halben Dutzend anderer, geöffnet. Obgleich kein Mensch in dem großen, schönen Garten saß, schien es auf sich zu halten: Die vielen Tische und Stühle waren sauber, die Bäume und Beete gepflegt, das Haus in ordentlichem Zustand.

»Na, siehst du«, tröstete Henry, »ist sogar hübscher als deins.«

»Ja, aber es sagt mir überhaupt nichts. Fahr doch mal schnell zum ›Winter Palace Hotel‹, ich habe Angst, daß dem auch was passiert ist.«

»Was soll ihm denn passiert sein?«

»Es könnte eingestürzt sein.«

»Es stürzt doch sowieso schon die ganze Zeit ein.«

»Aber nicht richtig, nur stückchenweise, und daran kann man sich gewöhnen.«

Mein Winterpalast war nicht eingestürzt, auch nicht ein Stückchen. Er sah mich aus leeren, himbeerrot gerahmten Augen traurig an. Zum erstenmal entdeckte ich die schmalen Holzgitter, die den oberen Teil zersplitterter Glasscheiben zierten. Vielleicht war es eine zaghafte Erinnerung an jene Zeit, in der die Fenster islamischer Frauengemächer noch mit durchbrochenem Holz verschalt waren. Vielleicht war es auch nur der Versuch, der körnigen lehmfarbenen Fassade ein wenig Anmut zu verleihen.

»Also, was ist«, fragte Henry, »wollten wir nicht einen Drink in der kleinen Bar nehmen? Komm, ich will mir die Bruchbude endlich mal von innen ansehen.«

»Um Gottes willen, da fällt uns doch sofort ein Stein auf den Kopf.«

»Von wo die Steine kommen, ist doch ganz egal.«

Er stieg aus, und ich folgte ihm. Wir kletterten über die niedrige Mauer, wateten durch stacheliges Gestrüpp und standen vor dem türlosen, gewölbten Eingang, der wie die Öffnung zu einem riesigen Backofen aussah.

»Ah«, rief Henry, über die noch vorhandene Schwelle tretend, »da sind wir ja schon im Allerheiligsten! Hier war der Empfang ...« Er deutete auf eine winzige Nische hinter einem faulenden Holzbord: »Hier links, die Halle ...« Er spähte in einen kleinen, viereckigen Raum, in dem höchstens drei Tischchen und ein paar Stühle Platz gehabt hatten: »Und da, der Halle gegenüber, was sehen wir da? Kein Zweifel, es ist die Bar!«

Ich betrachtete stumm die Theke aus weißgestrichenen Ziegelsteinen, zwei übriggebliebene Hocker mit zerfetzten Sitzpolstern, die ochsenblutfarbene Wand, an der noch ein paar Bretter hingen. »We'll meet again, don't know where, don't know when ...«, summte Henry, nahm mich in die Arme und begann zu tanzen. »Möcht' nur wissen, wo die Tanzfläche aus Marmor geblieben ist.«

Unter unseren Füßen knirschte der Mörtel, hier und da lag noch eine helle Fliese mit dem Fragment eines arabischen Musters.

»Ich kann es mir trotzdem sehr gut vorstellen«, sagte ich.

»Was, darling?«

»Na, was sich hier abgespielt hat.«

Er summte wieder, schloß die Augen und legte seine Wange an meine: »Meinst du das?«

»Nun hör schon auf«, sagte ich und mußte lachen.

»Komm«, flüsterte er mir ins Ohr, »jetzt gehen wir in eins der Prunkzimmer und werfen uns auf den Diwan.«

Er ließ mich los, nahm meine Hand und führte mich in einen langen, hier und da verschütteten

Gang, an dem sich zu beiden Seiten Türen oder nur noch deren Rahmen befanden. Man sah in kleine, rechteckige Stuben mit einem Fußboden aus festgestampftem Lehm, bei denen es sich um die Gästezimmer handeln mußte. In der Mitte des Ganges erhob sich eine breite Treppe, der das Geländer fehlte und deren Stufen mit Geröll bedeckt waren.

»Gehen wir mal rauf«, sagte Henry, »wahrscheinlich sind die Prunkzimmer oben.«

Er begann, die Stufen hinaufzusteigen.

»Kommst du?« rief er zurück.

»Gleich. Ich will nur sehen, ob du durchbrichst.«

»Das sieht dir ähnlich!«

Die Zimmer oben waren genauso primitiv wie die im Erdgeschoß. In einem hing eine elektrische Schnur von der Decke, in einem anderen war noch ein kleines Waschbecken zu sehen. Also, Licht und Wasser hatte es gegeben, und die Einrichtung mochte aus einem schmalen Bett, Tisch, Stuhl und Kleiderständer bestanden haben.

»Ich möchte nur wissen, in welchem Zimmer Lydia mit ihrem Ali geschlafen hat«, sagte ich.

»Ich glaube langsam, daß diese Lydia genauso ein Gespinst deiner Phantasie ist wie die Bar aus Zedernholz und die Tanzfläche aus Marmor. Ein gutes deutsch-jüdisches Mädchen hätte hier keine Nacht verbracht, ob mit oder ohne Ali.«

»Aus dir spricht der verzogene englische Bourgeois, der nie geliebt hat«, erklärte ich. »Aber ich weiß aus eigener Erfahrung, daß man in so einer Umgebung die schönsten Tage und Nächte verbringen kann. Immerhin habe ich ein Jahr in einer noch bescheideneren Stube, ohne Palmen und Bougainvillea drumherum, gehaust, war zum erstenmal verliebt und glücklicher als jemals wieder in meinem Leben.«

»Aus dir spricht die Nostalgie einer naiven Romantikerin aus den vierziger Jahren«, sagte Henry und stocherte mit seinem Schuh in einem Haufen Schutt herum.

»Lieber naive Romantikerin als verzogener Bourgeois ... Suchst du eigentlich was Bestimmtes?«

»Ja, ein Andenken aus jener glorreichen Zeit, in der man noch geliebt hat. Vielleicht einen Knopf von der Bluse deiner Lydia.«

»Laß das lieber und weck nicht die Ratten und Schlangen, die sich da vielleicht versteckt halten.«

Er zog seinen Fuß sofort zurück und verließ eilig das Zimmer.

»Held!« lachte ich hinter ihm her und hörte gleich darauf seine Stimme aus dem Korridor: »Komm mal und schau, was ich hier gefunden habe!«

Der Fund war eine ovale Badewanne, die auf drei metallenen Pfoten in der Ecke eines kleinen Raumes stand.

»Die möchte ich haben«, sagte Henry aufgeregt, »die ist fabelhaft.«

»Weiß nicht, was an dem scheußlichen Ding mit der abgeplatzten Emaille und den drei Pfoten fabelhaft ist!«

»Du siehst immer das Falsche! Die Wanne hier ist wirklich noch ein Stück aus der alten Zeit, die hat Liebhaberwert! Glaubst du, daß man sie irgendwie hier rausholen kann?«

»Nein.«

»Oder wenigstens die Pfoten abmontieren?«

»Versuch's mal.«

Ich trat an die Fensteröffnung, aus der man auf ein verwahrlostes Grundstück voller Gerümpel hinabblicken konnte. Wahrscheinlich war es mal ein wunderschöner Garten gewesen, in dem Liebespaare gesessen und sich von der sanften Kühle des Abends, dem Duft des Jasmins, den Worten und Gebärden der Liebe, der Macht einer Stunde hatten verführen lassen.

»Ich kann sie nicht abkriegen«, beschwerte sich Henry, »sie sind ganz fest angeschweißt. Damals hat man noch für die Ewigkeit gebaut.«

»Für die Ewigkeit.«

»Und dabei sind es so hübsche Raubtierpfoten.«

»Laß jetzt die dämlichen Raubtierpfoten und komm. Mir graut.«

»Wovor?«

»Vor Jericho und dem Hotel. Alles ist tot hier,

und wenn wir uns nicht beeilen, kommt die Decke runter, und wir sind's auch.«

»Wäre doch ein passender Tod für dich: verschüttet im Winterpalast, in den Ruinen der Vergangenheit.«

Er gab der Wanne einen Fußtritt, nahm meinen Arm und tänzelte neben mir den Gang hinunter.

»But we'll meet again«, sang er jauchzend, »some sunny day ...«

Die Jahre gingen ins Land und mit ihnen die Intifada. Mal flaute sie ab, mal tobte sie mit beängstigender Heftigkeit. Die Zahl der Toten, der Verletzten, der Verkrüppelten, der Inhaftierten, der des Landes Verwiesenen, der durch Haussprengung obdachlos Gewordenen stieg unaufhörlich. In den israelischen Kreisen, in denen ich verkehrte, herrschte Entrüstung, Scham, Angst, Zorn, Entsetzen. Es gab manche, die sich engagierten und für Frieden und die Rechte der Palästinenser kämpften, doch die große Mehrzahl verhielt sich passiv, steckte den Kopf in den Sand. Je mehr Zeit verging, desto entmutigter und apathischer wurden wir. Die alte Binsenwahrheit bestätigte sich: Man gewöhnt sich an alles. Wir gewöhnten uns an die Intifada.

Wir richteten uns in ihr ein, wir lebten unser tagtägliches Leben mit ihr. Eine Lösung des Konflikts und damit ein Ende war nicht abzusehen.

Im August 1990, als die Intifada drei Jahre alt war, begann man uns auf den Golfkrieg vorzubereiten. Diese Vorbereitung mit allem, was dazugehörte: Gasmasken, Verhaltensvorschriften, präzise Aufklärung in den Medien, Übungen für den Fall des Falles, dauerte fünf Monate. Als keine Unklarheiten mehr herrschten und wir ausreichend gerüstet und verunsichert waren, brach der Krieg im Januar 1991 mit der Pünktlichkeit einer Theatervorstellung aus.

Die Palästinenser verbündeten sich lautstark mit Saddam Hussein. Für die Dauer des Krieges wurde die Ausgangssperre über sie verhängt, die Intifada, dank dieser Maßnahme, abgewürgt. Schließlich hatte man ja auch mehr als genug mit dem Golfkrieg am Hals.

Als der Krieg vorüber war, wollte sich die Intifada nicht mehr erholen. Das Bündnis mit dem Irak hatte die Palästinenser nicht nur die finanzielle Unterstützung der Golfstaaten, sondern auch die Sympathie der westlichen Welt gekostet. Die Steine, die jetzt noch flogen, kamen aus schwacher Hand und interessierten die Medien nicht mehr. Der Freiheitskampf gärte und schwelte zwar weiter, es fehlte jedoch an wirkungsvollen Mitteln, ihn wieder in die Öffentlichkeit zu bringen.

Im Juni 1992 fanden in Israel Wahlen statt, und es ereignete sich das, was man hierzulande ein Wunder nennt: Der rechte Likud verlor, die Arbeiterpartei kam an die Macht. Euphorie brach in meinen Kreisen aus. Eine Lösung des Konflikts, ein Ende war in Sicht – eine gute Lösung, ein gutes Ende.

»Jetzt wird Jericho wieder aufleben«, sagte ich strahlend zu Henry.

»Woraufhin?« fragte er. »Kein Hahn wird nach Jericho krähen.«

Ich sah ihn strafend an, suchte nach einer Antwort, die seine Behauptung widerlegte, fand aber keine.

In meinem Herzen, das nach wie vor an Jericho hing, war ich sicher, daß er recht hatte. Die Jahre waren über diese Stadt hinweggegangen, die fremden Machthaber, die Flüchtlinge, die Kriege, die Intifada, aber nichts Wesentliches hatte sich geändert. Mal war es den Leuten dort unten etwas besser gegangen, mal schlechter. In den letzten fünf Jahren war es ihnen miserabel gegangen, aber selbst das hatte zu keinen dramatischen Veränderungen geführt. Während der ganzen Intifada war in Jericho kein Stein geflogen, und kein Vermummter hatte die Straßen unsicher gemacht oder die Kollaborateure brutal umgebracht. Ein einziges Mal war am Rand des Ortes eine Brandbombe in einen israelischen Bus geworfen und drei Menschen dadurch getötet worden. Doch ob der Täter ein Jerichoer war, wurde nie festgestellt.

Ich war eine der ganz wenigen, die in diesen chaotischen Jahren Jericho immer noch besuchten. Wenn ich an einem blau-goldenen Tag auf meiner Terrasse stand und zu den judäischen Hügeln hinüberschaute, war die Verlockung, dorthin zu fahren, das Verlangen, die klebrige Schwüle der Oase auf meiner Haut zu fühlen, unwiderstehlich.

»Nimm wenigstens die Gasmaske mit«, riet Henry, als ich mich während des Golfkrieges auf den Weg nach Jericho machte, »du weißt doch, die können nicht richtig zielen.«

»Absurd!« sagte ich, stopfte dann aber die Gasmaske in meine Badetasche und legte sie neben mich auf den Beifahrersitz. Henry hatte recht, die Raketen schlugen an den unerwartetsten Stellen ein.

Hatte ich Besuch aus dem Ausland, vereinzelte wagemutige Menschen, die sich von Warnungen nicht beeindrucken ließen oder in ihnen sogar eine Herausforderung sahen, bescherte ich ihnen einen besonders schönen Tag, indem ich mit ihnen über die Allon Road in die Oase fuhr. Sie waren erfrischende Begleiter für mich, die sich der Risiken und womöglichen Gefahren nicht bewußt waren und mich damit in der Illusion bestärkten, einen beschaulichen Ausflug, so wie in alten Zeiten, zu unternehmen. Ich wiederum vermittelte ihnen meine Begeisterung, die aus dem verrotteten, ausgestorbenen Städtchen eine einmalige Sehenswürdigkeit machte.

Dieser und jener bemerkte zwischen Befremden und Leutseligkeit schwankend: »Nicht viel los hier.« Andere vermuteten darin eine besondere Eigenheit des Ortes: »Diese Ruhe«, schwärmten sie, »einfach paradiesisch.«

»Nicht wahr«, stimmte ich ihnen zu, »hier ist man Lichtjahre vom 20. Jahrhundert entfernt.«

Ich führte sie in den »Schattigen Hain«, das Gartenlokal, von dem Henry behauptet hatte, es sei hübscher als meine »Rose des Jordantals«. Für mich war es das nicht, aber es war das einzige, das seine Tore nicht geschlossen hatte und darüber hinaus weiterhin auf sich hielt.

»Wir sind christliche Araber«, hatte mir sein Besitzer stolz anvertraut, »und früher hatten wir sonntags immer viele christliche Gäste aus Bethlehem, Beit Jalla und Beit Sahour.«

In welche Periode dieses »Früher« fiel, hatte ich nicht gefragt, ihm aber ein Kompliment zu seinem schönen Garten und den gepflegten Orangenbäumen gemacht. Dort hingen keine verschrumpelten Früchte, was mich auf den diskriminierenden Gedanken brachte: »So ist das eben, die Muslime lassen sich die Orangen auf den Kopf fallen, die Christen kochen Marmelade daraus.«

George hätte nie ein so properes Restaurant mit einer erlesenen christlichen Kundschaft auf die Beine stellen können.

Mit dem Regierungswechsel regte sich neue Hoffnung in Jericho, und die setzte sich in sparsame Aktivität um.

»Maybe now better«, sagte der Kellner im »Schattigen Hain«, »Rabin strong man.«

In der Tat. Rabin hatte am Anfang der Intifada empfohlen, den steineschmeißenden Arabern die Knochen zu brechen, aber jetzt hatte er sich offensichtlich eines Besseren besonnen, und man war nicht nachtragend.

Die Gartenrestaurants öffneten wieder ihre Tore, auch meine »Rose des Jordantals«. Der Boss war aus Ramallah zurückgekehrt und saß verdrossen vor der Tür des Hauses. Ein Junge, vermutlich ein neuer Kellner, lungerte vor dem Lokal auf der Straße herum, ohne auch nur den Versuch zu machen, einen Kunden zu schnappen. In dem Orangenbaum hing die vierte Generation verschrumpelter Orangen, und mein Tischchen darunter war nach wie vor verdreckt. George blieb verschwunden, und nicht ein einziger Wasserstrahl schoß aus dem kleinen türkisgrünen Becken.

Im »Schattigen Hain« dagegen wurde ein grünes Sonnendach über einen Teil des Gartens gespannt, und in der sauberen Toilette hing feines rosa Klopapier. Am Sonntag kamen wieder die Christen, Großfamilien im Feiertagsstaat, goldene Kreuze im Ausschnitt. Auch die Touristenbusse lieferten Ladungen buntgekleideter Menschen an den Ausgrabungsstellen der ältesten Stadt der Welt ab, und so kläglich deren Reste waren, so vielfältig blühte das Geschäft um sie herum: Obststände, Händler, Eisverkäufer, Geldwechsler und das alte Kamel mit der blauen Halskette gegen den bösen Blick.

»Halleluja«, rief sein kleiner kaffeebrauner Besitzer und warf die Arme hoch. Die Touristen waren zurückgekehrt.

Das Selbstbedienungsrestaurant war wieder voll, und die Besitzer nutzten die Gelegenheit, es zu vergrößern. Es wuchs sich in eine Verkaufshalle aus, in der ein erstaunliches Angebot an Kitschandenken, Schlamm aus dem Toten Meer, Heiligem Wasser aus dem Jordan-Fluß und Krippenfiguren aus Olivenholz die ästhetischen, spirituellen und physischen Bedürfnisse der Touristen befriedigte.

»Viermal haben sie das Lokal schon angezündet«, hatte mir der Kellner aus dem »Schattigen Hain« zugeflüstert, »und jedesmal ist es noch schöner und größer wieder aufgebaut worden. Der

Besitzer ist ein schlauer Mann und steckt mit den Israelis unter einer Decke.«

»Ein Wunder, daß er noch nicht umgebracht worden ist.«

»Er ist ein reicher Mann und hat von den Israelis eine Pistole bekommen«, hatte der Kellner voller Hochachtung erklärt. »Reiche Männer mit Pistolen werden nicht umgebracht.«

»Aha, ich verstehe.«

»Außerdem hat er Geld für den Bau unserer neuen Moschee gespendet. Sie ist das Juwel unserer Stadt.«

Die neue Moschee befand sich am westlichen Rand des Ortes, und die Bauarbeiten hatten etliche Jahre gedauert. Doch jetzt stand sie, ein anmutiger, schlohweiß gestrichener Bau, mit dem man sich hätte anfreunden können, wäre er stumm geblieben. Aber Allah ist groß, und um an dieser Feststellung ja keinen Zweifel aufkommen zu lassen, wurde sie viermal am Tag und einmal des Nachts mit Tonband- und Lautsprecheranlage verkündet.

Die Jerichoer waren gläubige Menschen. Sie zweifelten nicht an Allahs Größe und auch nicht daran, daß er sie für ihr kümmerliches Leben im Paradies entschädigen würde. Sie waren bereit, geduldig darauf zu warten. Doch dann geschah etwas Unglaubliches, und es sah so aus, als würde ihnen das Paradies bereits auf Erden beschert werden.

Ich weiß nicht mehr, wann die Gerüchte auftauchten, Jericho würde als erste Stadt in den besetzten Gebieten an die Palästinenser zurückgegeben werden. Ich hielt sie ohnehin für einen mißlungenen Scherz. Dann aber wurden die Gerüchte zu offiziellen Meldungen, in denen von geheimen Treffen der israelischen Regierung mit der PLO in Norwegen die Rede war, von Vorverhandlungen und einem Grundsatzabkommen. Danach sollten der Gaza-Streifen und Jericho demnächst autonom werden.

»Demnächst«, sagte ich mir, »wird schon noch ein paar Jährchen dauern.«

Dann, Anfang September, rief Henry an: »Hast du die Nachrichten gehört?« fragte er.

»Nein.«

»Sitzt du?«

»Nun sprich schon! Was ist jetzt wieder Schreckliches passiert?«

»Nein, diesmal handelt es sich um keine Hiobs-, sondern eine Freudenbotschaft: Jericho wird die Hauptstadt des zukünftigen Palästina und der Gaza-Streifen das Hongkong des Mittleren Ostens.«

Er brach in dröhnendes Gelächter aus.

»Deine Witze sind auch nicht mehr das, was sie mal waren.«

»Der Witz stammt nicht von mir. Ich gebe nur weiter, was ich gehört habe, und es war nicht als Witz gemeint.«

Ich seufzte.

»Okay, darling, ich sag's ja schon: Dein geliebtes Jericho und der Gaza-Streifen werden am 13. September autonom, oder so gut wie. Die Grundsatzerklärung findet in Washington statt, wo sich Rabin und Arafat die Hände schütteln werden.«

»Ich glaube das nicht. Glaubst du das?«

»In diesem Land habe ich gelernt, alles zu glauben.«

»Du glaubst, daß Jericho zurückgegeben wird?«

»Jericho und der Gaza-Streifen!«

»Der Gaza-Streifen liegt nahe, den wollte man hier schon lange loswerden, aber Jericho, ich bitte dich! Warum ausgerechnet Jericho?«

»Ganz einfach«, erwiderte Henry, »man fängt da an, wo es am wenigsten weh tut.«

Die Antwort befriedigte mich nicht, und ich rief Freunde und Bekannte an und stellte ihnen dieselbe Frage: Warum ausgerechnet Jericho?

Manche lachten und machten dumme Witze, andere waren so verwirrt wie ich und gaben, anstatt einer Antwort, die Frage an mich zurück. Es gab auch Freunde, die mystische Zusammenhänge darin sahen, und solche, die sich in langatmigen politischen Spekulationen verloren. Im Grunde wußte kein Mensch, warum die Wahl ausgerechnet auf Jericho gefallen war.

Ich rief einen palästinensischen Bekannten an: »Also, was sagst du zu der Grundsatzerklärung am 13. September?« fragte ich, alle Preliminarien arabischer Höflichkeit mißachtend.

»Ich«, rief er, und im Hintergrund hörte ich Stimmen und Lärm, »ich feiere mit meinen Freunden. Komm her und feiere mit!«

»Gern, aber jetzt kann ich nicht. Ich wollte nur wissen, wie du die Sache siehst. Was wird wohl jetzt aus Jericho?«

Er holte tief Luft und verkündete mit fester Stimme: »Jericho wird groß und reich, es wird die Hauptstadt Palästinas.«

Es folgte kein »Maybe« und kein »Inschallah«. Zum erstenmal war sich dieser Mann einer Sache unwiderruflich sicher.

»Und der Gaza-Streifen wird das Hongkong des Mittleren Ostens«, ergänzte ich.

»Ja«, sagte er freudig, »so sehe ich das auch.«

Nachdem ich eingehängt hatte, rauchte ich eine Zigarette, um die Neuigkeit halbwegs verdauen zu können. Sie hatte nicht die erhoffte Wirkung. Erst am Ende der zweiten Zigarette entschloß ich mich zu lachen und über die bevorstehende Autonomie Jerichos zu freuen. Aber ganz wohl war mir dabei nicht. Zu viele Fragen blieben offen, zu viele Zweifel drängten sich auf. Anstatt eine große, reiche

Hauptstadt konnte Jericho eine schnell und billig gebaute Stadt werden, eine Anhäufung häßlicher Betonklötze, der die Natur, der unvergleichliche Charme der Oase, zum Opfer fiele. Vielleicht würde es auch eine Grenze geben, die ich nicht mehr passieren dürfte, so wie vor dreißig Jahren, als das Jordantal noch Feindesland war und meine Freunde mir davon erzählten: »Ach, das war schön, damals, als wir in Vollmondnächten nach Jericho fuhren ...«

Vielleicht sollte Jericho wieder ein Wunschtraum werden, dem ich nachhängen, oder ein Alptraum, den ich fliehen würde.

Am 13. September fand in Washington, im Park des Weißen Hauses, die Unterzeichnung des Grundsatzabkommens statt. Zu diesem Zweck mußten sich die Todfeinde, Israels Ministerpräsident Rabin und der palästinensische Vorsitzende Arafat, die Hand geben. Ganz Israel, samt der besetzten Gebiete, fieberte dem historischen Augenblick des Händedrucks entgegen. Er wurde zum Hauptthema mehrerer Tage: Wer wird zuerst die Hand ausstrecken, Rabin oder Arafat? Wie wird der andere sie ergreifen: fest, lasch, zögernd, schnell? Wie lange wird der Händedruck dauern: eine gequälte halbe Sekunde oder eine demonstrative Minute? Was für einen Gesichtsausdruck werden die beiden Oberhäupter dabei zur Schau stellen: einen gefaßten, einen verkniffenen, einen fidelen, einen vergrämten? Und dann die Frage der Fragen: Werden sie sich überhaupt die Hand geben, oder wird es ein plötzlicher Schwächeanfall Rabins, ein Wutausbruch Arafats, ein Fingerzeig Gottes, wie etwa ein Blitz aus heiterem Himmel, ein Einstürzen der Tribüne verhindern? Man lachte und riß Witze, man grübelte, unkte und schloß Wetten ab, man war zynisch oder bewegt. Der Händedruck stand gar nicht mehr für die Unabhängigkeit des Gaza-Streifens und Jerichos, für die womögliche Beendigung einer langen, bitteren Feindschaft, für den Anfang eines Friedens – er stand ganz für sich allein.

»Glaubst du, daß am 13. irgendwas los sein wird in Jericho?« fragte ich Henry.

»Na, mehr als sonst bestimmt.«

»Ich bin schrecklich gespannt und gerührt«, sagte ich, »mein kleines Jericho wird unabhängig.«

»Du sprichst von Jericho wie von einem unterbelichteten Kind, das zum erstenmal aufsteht und … auf die Schnauze fällt.«

»Du hast Jericho nie geliebt, aber in meinem Leben spielt es seit über dreißig Jahren eine große Rolle, es gehört einfach dazu, so wie mein Haus, meine Katzen, meine elektrische Schreibmaschine aus dem Jahr '58.«

»Ich hab' dir schon lange gesagt, du solltest dir mal ein paar neue Sachen zulegen: einen Computer, zum Beispiel, einen Hund und vielleicht auch einen neuen Traum. Du überstrapazierst die Dinge.«

Henry fuhr am 13. September nach Gaza und ich selbstverständlich nach Jericho. Unglückseligerweise mußte ich einen deutschen Vikar, dessen Frau und den Gecko mitnehmen. Der Vikar war zwei Meter groß, hatte einen karottenroten kurzen Bart und ebensolche Haare; seine Frau hieß Elfie und sprach ausschließlich Bayerisch; und der Gecko war ein amerikanischer Journalist mit runden, schwarzen, leicht hervorquellenden Augen und langgezogenen schmalen Lippen. Eben unverwechselbar ein Gecko. Er saß auf der Fahrt neben mir, während sich Elfie und ihr Mann auf höchst unbequeme Weise den Rücksitz teilten.

»Wir sind Ihnen ja so dankbar, daß Sie uns mitnehmen«, sagte der Vikar mit hochgezogenen Knien und eingezogenem Kopf.

»Das Auto ist leider etwas klein«, entschuldigte ich mich und nahm mir vor, das unwillkommene Paar baldmöglichst in Jericho zu verlieren. Es war drei Uhr nachmittags und sehr heiß.

»Du hättest ruhig etwas früher fahren können«, beschwerte sich der Gecko, »jetzt, um die Zeit, werden wir vermutlich gar nicht mehr mit dem Auto ins Zentrum kommen, und ich muß spätestens um vier im ›Hisham Palace Hotel‹ sein. Die Übertragung der Grundsatzerklärung beginnt um fünf.«

»Ja«, lachte ich, »das werden wir bei dem Verkehrschaos in Jericho nie schaffen.«

»Du wirst dich wundern!« sagte der Gecko beleidigt.

»In Jericho soll sehr viel Betrieb herrschen«, sagte der Vikar, »das habe ich auch gehört. Die Medien der ganzen Welt sind da.«

Ich hörte nicht auf zu lachen. Alles konnte ich mir vorstellen, wirklich alles, aber nicht, daß in Jericho plötzlich hektischer Betrieb und Verkehr herrschen, daß es im Rampenlicht der Welt stehen sollte.

»Ich kenne Jericho seit sechsundzwanzig Jahren«, sagte ich mit Besitzerstolz, »es hat etwa achttausend Einwohner und zehn Autos. Nicht ich, sondern die Medien werden sich wundern.«

»Wann warst du das letzte Mal unten?« fragte der Gecko.

»Ich weiß nicht. Vor zwei Wochen, glaube ich.«

»Dann kannst du gar nicht mitreden! Ich war jetzt eine Woche Tag und Nacht unten, habe im ›Hisham Palace‹ gewohnt und kann dir nur sagen, es hat sich einiges geändert. Dieser Halunke, der sich als Manager des Hotels ausgibt, hat von einem

Tag auf den anderen den Zimmerpreis um das Dreifache erhöht. Die Zimmer sind in einem Zustand, daß man nicht mal einen Hund dort einsperren würde …«

»Ich kenne sie«, sagte ich, und einen Moment lang zuckte das Bild der verstaubten Ballerina in mir auf, das Fischgesicht hinter der Glasscheibe und Pauls nacktes Hinterteil, als er zur Tür sprang.

»Die Bodenpreise in Jericho sind um das Siebenfache gestiegen«, empörte sich der Gecko weiter, »und selbst ihre unterentwickelten Bananen sind teurer geworden.«

»Jetzt weiß ich zum Glück alles über die Preise«, sagte ich, »und was tut sich sonst noch?«

»Fahnen«, murrte der Gecko, »Arafat-Bilder und ein irres Gehupe …« Er warf mir einen schnellen, bösen Echsenblick zu: »Von den zehn Autos.«

»Man hupt hier freili zu vui«, sagte die Frau des Vikars, und nach dieser gelungenen Feststellung schwiegen wir alle.

Die Straße nach Jericho war stärker befahren als gewöhnlich, aber gewiß nicht so, daß man befürchten mußte, in einen Stau zu geraten. Auch auf der, die nach der großen Abzweigung durch die weite Ebene mit dem eingestampften Lager führte, herrschte nur mittelmäßiger Verkehr.

»Unglaublich, dieser Andrang«, spottete ich.

»Sind eben alle längst in Jericho«, erklärte der Gecko. »Um sieben Uhr früh, als ich mit dem Taxi nach Jerusalem fuhr, war schon die Hölle los, und in der Nacht davor konnte ich vor Krach kein Auge zutun.«

»Die Freude ist eben sehr groß«, sagte der Vikar mit müdem Vorwurf, »das muß man verstehen. Wenn man sechsundzwanzig Jahre unter fremder Besatzung lebt und ...«

»Sechsundzwanzig Jahre!« knurrte der Gecko. »Seit den Posaunen haben sie unter fremder Besatzung gelebt. Möcht' nur wissen, was die diversen Völker in dieses Ofenloch gelockt hat.«

»Ich weiß es!« triumphierte ich, und da hatten wir den Stadtrand erreicht, die rotglühenden Feuerakazien und einen Pulk ineinander verfilzter Autos.

»Lieber Himmel, was ist denn hier los?« rief ich fassungslos.

»Fahr links«, schrie mich der Gecko an, »links sage ich dir, in die Umgehungsstraße. Da kommen wir vielleicht noch durch.«

Ich bog links ein, kroch ein paar Meter weiter und stand einem uralten Lieferwagen gegenüber, der mit röchelndem Motor in den letzten Zügen lag. Der Lieferwagen war mit lachenden, schreienden, singenden Kindern bepackt, die alle ein palästinensisches Fähnchen schwenkten. Auf der Kühlerhaube des Vehikels klebte ein Bild von Arafat, auf dem er verschmitzt grinste. Um uns herum brauste ein Huporkan auf, der von fröhlichen

Gesichtern, Rufen und Gesten begleitet wurde. Offensichtlich hatten die Leute ungeheuren Spaß an der Situation.

»Rutsch rüber«, sagte der Gecko und stieg aus, »du schaffst das nicht!«

Er setzte sich hinter das Steuer und zwängte sich durch die schmale Bresche zwischen dem Lieferwagen und einem mit Olivenzweigen bekränzten Gefährt. Dann fuhr er in kühnem, geschicktem Slalom weiter. Der Vikar, die Knie noch höher, den Kopf noch tiefer zwischen die Schultern gezogen, beriet ihn, warnte, lobte, und der Gecko fluchte. Elfie quietschte von Zeit zu Zeit einen unverständlichen Satz, und ich schaute stumm zum Fenster hinaus, meine Gedanken und Gefühle etwa so chaotisch wie der Verkehr.

Was war von einer Woche auf die andere geschehen? Wo kamen die ganzen jubelnden Menschen her, die Autos, die Fahnen, die Arafat-Bilder? Wie war es möglich, daß die gesamte Bevölkerung übergangslos vom Zustand der Katatonie in den der Euphorie kippte? Meine friedliche, von Gott und der Welt vergessene Oase ein wildgewordenes Irrenhaus! Mein Refugium, in dem das Leben stillgestanden, in dem die Prätentionen der Zivilisation, der Mißbrauch des Fortschritts keine Chance gehabt hatten, im Aufbruch in ein neues, hektisches Zeitalter!

Jericho, älteste Stadt der Welt, tiefster Punkt

unter dem Meeresspiegel, ein verschlafenes Nest unter der Glutglocke der Sonne, ein verrotteter Ort im Schmuck strotzender Natur, ein abgenutzter Wanderpreis, der über Jahrhunderte von Hand zu Hand gegangen war und immer mehr an Wert und allgemeinem Interesse verloren hatte. Eine identitätslose Bevölkerung, die gleich einer Herde geduldiger Schafe vor sich hin döste, müde an dornigem Gestrüpp kaute und nur manchmal, wenn sie in der Ferne ein saftiges Grasbüschel zu sehen glaubte, »maybe« blökte. Hatte ich sie mit dem Hochmut, dem Mitleid, der Romantik einer privilegierten Europäerin so gesehen und darum in mein Herz geschlossen? Hatte ich vergessen, daß sie Menschen waren und nicht nur Statisten in einer von mir geliebten Kulisse? Menschen, die zwar nicht handelten, aber doch träumten, von einer schöneren Zukunft als der, die ihnen beschieden war. Menschen mit kindlichem Gemüt vielleicht, mit einer naiven Vorstellung von dem, was in dieser Welt glücklich macht: eine Behausung, die man stolz vorzeigen, ein reichgedeckter Tisch, an den man Gäste bitten kann, ein Auto, ein neues Fernsehgerät, eine Waschmaschine, das notwendige Geld, um Söhne und Töchter zu verheiraten. Träumte diesen Traum nicht die ganze Welt, die Armen in bescheidenstem, die Reichen in obszön exzessivem Maße? Und träumte nicht jeder von der Freiheit, der Selbstverständlichkeit, ein gerecht behandelter, vollwertiger Bürger dieser Welt zu sein? Der kleinen Selbstverständlichkeit, sich in seinem eigenen Land zu Hause zu fühlen, der kleinen Freiheit, eine Reise zu Verwandten, in welcher Stadt, welchem Staat auch immer, zu unternehmen? War ich nicht lange genug staatenlos gewesen, wußte ich nicht, was es hieß, in ewiger Unsicherheit zu leben, Angst zu haben vor jedem Uniformierten, jedem mich diskriminierenden Beamten? Warum wunderte ich mich dann über diesen Ausbruch ungestümer Freude, einer nicht mehr erwarteten Freude, deren Quelle die Hoffnung auf ein neues, besseres, schöneres Leben war.

Und ich fragte aus meinen Gedanken heraus: »Glaubst du, Gecko, daß jetzt wirklich alles ganz anders wird in Jericho?«

»Wüßte nicht, wie«, sagte er. »He, da sehe ich eine Parklücke. Grandios!«

Wir waren in der Straße, in der sich das »Hisham Palace Hotel« befand und keine fünfzig Meter davon entfernt der runde Platz, auf dem sich das spärliche Leben Jerichos abgespielt hatte. Der Gecko parkte mein Auto mit einem Rad in einem Loch, mit dem anderen auf einem Abfallhügel, und ein paar Jugendliche, die stehengeblieben waren, um dem Manöver zuzusehen, klatschten johlend Beifall und umringten uns, als wir aus dem Wagen kletterten.

»You journalists?« fragte einer, der ein zusammengestückeltes Hemd in den Farben der palästinensischen Fahne trug.

»Yap«, sagte der Gecko.

»Thousand journalists here«, sagte ein anderer und wedelte mit dem Zeigefinger in der Luft, »you see, up here and here and here!«

Tatsächlich sah man auf den flachen Dächern verschiedener Häuser Männer mit Kameras, Fotoapparaten, Tonbandgeräten. Ein besonders Waghalsiger hatte seine Kamera auf der kaum abgestützten Plattform eines geländerlosen Balkons aufgebaut und saß, die Beine über den Rand baumeln lassend, ein Kibbuzhütchen auf dem Kopf, eine Flasche in der Hand, daneben.

»Jericho famous«, erklärte der Junge mit dem Fahnenhemd.

Der zwei Meter große, rothaarige Vikar wischte sich mit einem sauberen weißen Taschentuch den Schweiß von Gesicht und Hals, und Elfie zupfte sich das klebende Kleid vom Körper. Ein nicht endenwollender Strom an Autos hupte sich durch Knäuel von Passanten.

»Kommt ihr mit ins ›Hisham Palace Hotel‹?« fragte der Gecko ungeduldig.

Das Vikarehepaar wollte sich erst einmal ein wenig umschauen und später kommen. Ich ging mit ihm.

»Kannst du mir erklären, wo plötzlich die zahllosen Menschen und Autos herkommen?« fragte ich.

»Erstens hast du noch nie ganz Jericho auf den Straßen gesehen«, gab er zur Antwort, »und zweitens sind massenweise Palästinenser aus den besetzten Gebieten und aus Jerusalem in ihre neue Metropole gekommen.« Er lachte.

»Im Grunde ist das alles etwas unheimlich«, sagte ich und wich gerade noch einem Radfahrer aus, der mit wehender Fahne auf mich zugerast kam, »findest du nicht?«

»Unheimlich? Ich finde es einfach nur komisch.«

Nein, das war es nicht. Es war nicht nur komisch. Es war von allem etwas: komisch und unheimlich, naiv und rührend, eindrucksvoll und grotesk. Der schielende Arafat zum Beispiel, den jemand lebensgroß und stümperhaft auf die Mauer eines Hauses gemalt hatte, war komisch, und die Fahne, die eine verrostete Mülltonne zierte, vielleicht auch. Aber die zigtausend Bilder des palästinensischen »Führers« und die zahllosen Fahnen waren es nicht mehr, die waren unheimlich. Das Rührende an ihnen war höchstens noch die schlechte Qualität der Reproduktionen, die improvisierten, aus verschiedenen Stoffresten zusammengenähten und an Stöcken befestigten Flaggen. Aber die Sucht der Menschen nach diesen Symbolen, der nationale Stolz, das Gefühl kollektiver

Macht, das ein Stück Stoff, die Visage einer wie auch immer gearteten Autorität in ihnen hervorrief, waren unmißverständlich. Noch war das alles eine Parodie, die Freude der Jerichoer kindlich, die Fahne, das Porträt des PLO-Chefs eine lang vermißte, kaum noch erhoffte Errungenschaft, die den unwiderstehlichen Reiz der Neuheit auf sie ausübte; doch war es nur eine Frage der Zeit, bis die Gesichter in heiligem Ernst erstarren und die Symbole zu Fetischen werden würden.

»So«, sagte der Gecko, »wir haben's geschafft, hier ist der Palast.«

Wir standen vor dem Hotel, das ich an jenem Abend im Frühjahr 1970 zum ersten und zum letzten Mal betreten hatte. Als ich seine trostlose, wenngleich geschmückte Fassade sah und den verdreckten Teppichfetzen, der immer noch auf dem Zementstreifen vor dem Eingang lag, mußte ich lachen.

»Du lachst«, warf mir der Gecko vor, »aber wenn du hier wohnen müßtest so wie ich, würdest du das nicht mehr tun.«

»Ich wollte mal mit einem Mann den Rest meines Lebens hier verbringen«, sagte ich, »fern vom Getöse des 20. Jahrhunderts.«

Er sah mich kurz an und tippte sich mit dem Zeigefinger an die Stirn. »Ich konnte ja nicht ahnen«, murmelte ich, »daß das Getöse und der Wahnsinn bis hierher kommen würden ... Da, schau mal, warum hat die Fahne über der Tür einen blauen statt einen grünen Streifen?«

»Wird ihnen wohl der grüne Stoff ausgegangen sein. Bei dem Verbrauch kein Wunder!«

Die Halle, die mich damals an eine Leichenhalle erinnert hatte, sah bei Tageslicht etwas lebendiger, wenn auch nicht gerade einladend aus. Ich schaute zur sogenannten Empfangsloge hinüber, an deren Rückwand nach wie vor die Alpenlandschaft klebte. Der Rest des Mobiliars, das ich an jenem Abend nicht hatte sehen können, war in moribundem Zustand. Es bestand aus drei Tischchen mit einer kleinen Anzahl Stühlen und Sesseln, die verloren zwischen viereckigen Pfeilern in einem großen, hohen Raum standen, und einer Art Bar mit zwei Hockern davor und einer noch größeren, wasserreichen Landschaft dahinter. Die gesamte Halle, mitsamt ihren Wänden und Pfeilern, fadenscheinigen Gardinen und glasbeschirmten Deckenlampen, war in den Farben eines Schokoladenpuddings mit Vanillesoße gehalten, und diese unerquickliche Kolorierung wurde durch ein paar bunte Glitzergirlanden, die sich kreuz und quer durch den hinteren Teil des Raumes zogen, gekrönt.

Ein paar Männer mit ihren Aufnahmegeräten streunten unruhig durch die Halle oder saßen erschlafft an den Tischchen. Sie hatten Flaschen mit verschiedenen Flüssigkeiten in der einen Hand und Kleenextücher in der anderen. An dem mittleren Tisch, direkt unter einem großen Ventilator und vor der Fotografie eines feisten, pausbäckigen Mannes mit fabelhaftem Schnurrbart, bei dem es sich um den ehemaligen Besitzer des Hotels handelte, thronte auf dem höchsten, mit Kissen belegten Sessel eine imposante Gestalt in langem weißem Gewand, ein turbanähnlich geschlungenes Tuch auf dem Kopf. Ein japanischer Reporter hielt ihm ein Mikrophon vor den Mund und sich ein Taschentuch an die Stirn.

»Das ist das Schlitzohr, das die Zimmerpreise so hoch getrieben hat«, klärte mich der Gecko auf. »Imam, Geschäftsmann, Hotelmanager, Schwiegersohn des verstorbenen Besitzers und nun bald Bürgermeister von Jericho und rechte Hand Arafats in einer Person. Ein ganz gewitzter Bursche, der viele Jahre in Kalifornien gelebt hat und, einer religiösen Eingebung folgend, erst vor kurzem zurückgekommen ist.«

»Ob ich den mal kennenlernen kann?«

»Den kann jeder kennenlernen, vorausgesetzt, er lauscht seinen weisen Worten und gibt sie dann in dieser oder jener Form an die Öffentlichkeit weiter. Also komm, der Japaner scheint sowieso gleich ohnmächtig zu werden. Teuflische Hitze hier!«

Der Imam und Manager hatte amerikanische Manieren. Er erhob sich, als ich an seinen Tisch trat, sagte: »Good afternoon, Ma'am«, drückte mir fest die Hand und zog einen Stuhl für mich heran. Er war ein großer, gutaussehender Mann um die Fünfzig, mit eisengrauem Bart und tiefliegenden schokoladenbraunen Augen.

»Sie ist eine Journalistin aus Deutschland«, sagte der Gecko und grinste über meinen bösen Blick.

»Ich bin eine Schriftstellerin aus Jerusalem«, sagte ich und lächelte den Manager an.

»Welcome«, sagte der. »Ost- oder Westjerusalem?«

»West.«

»Welcome«, wiederholte er mit Nachdruck.

Der Japaner, das Taschentuch jetzt an den Mund gedrückt, entfernte sich eilig, und ich setzte mich auf einen Sessel, durch dessen Sitz sich eine Sprungfeder bohrte: »Ein großer Tag heute«, sagte ich.

»Ein neuer Anfang«, fügte der Manager in perfektem Englisch hinzu, »nicht nur für Jericho und Gaza, sondern für uns alle, für Palästinenser und Israelis, für den ganzen Mittleren Osten. Die Tore werden sich öffnen, zwei große Kulturen werden einander begegnen und sich bereichern.«

»Viel Vergnügen noch«, rief mir der Gecko zu, »wir sehen uns später.«

»Möchten Sie etwas trinken?« fragte mich der Manager.

»Oh, ja, gern, eine Flasche Mineralwasser.«

»Das haben wir leider noch nicht. Es fehlt noch an vielem.«

Keine Frage, wenn es sogar an einer Flasche Mineralwasser fehlte.

»Aber ich kann Ihnen einen arabischen Kaffee oder Tee machen lassen.«

»Einen Tee, bitte«, sagte ich und überlegte, ob es in dem Hotel, Gott behüte, auch an einem Klo fehlte.

Der Manager gab meinen Wunsch an einen langen, hageren Mann weiter, der zeitunglesend über der Bartheke hing, dann erklärte er: »Das Hotel ist etwas vernachlässigt worden, und das liegt daran, daß wir seit 1967 kaum Gäste hatten und darum auch kein Geld.«

»Und vor 1967?«

»Oh, da war viel los in Jericho! Scheichs, Könige und reiche Geschäftsmänner kamen aus allen arabischen Staaten und spielten hier, im ›Hisham Palace‹, um riesige Summen. Aber bitte, erwähnen Sie das nicht.«

»Kein Wort!« beteuerte ich und dachte: Aus jener glanzvollen Zeit muß noch die Ballerina in dem rosa Tüllröckchen gestammt haben.

»Ja, das waren gute Zeiten für das Hotel«, sagte der Manager versonnen, »und die kommen jetzt wieder. Ab morgen, spätestens übermorgen, beginne ich mit den Bauarbeiten.«

»Sie lassen renovieren … Eine gute Idee.«

»Ich lasse sogar umbauen, denn das ›Hisham Palace Hotel‹ wird der Regierungssitz unseres Präsidenten Yassir Arafat.«

»Tatsächlich!« rief ich beeindruckt, und drei junge Männer am Nebentisch schreckten aus ihrem Halbschlaf auf und spitzten die Ohren.

Der Manager, sich einer neuen Zuhörerschaft bewußt, fuhr mit erhobener Stimme fort: »Es gibt kein Gebäude in Jericho, das sich besser dafür eignen würde. Ich stehe bereits in Verhandlungen mit der PLO und brauche jetzt nur noch das Geld, um mit den Umbauten zu beginnen.«

Nur noch!

»Glauben Sie, daß das so schnell kommt?« fragte ich mit einer gewissen Besorgnis.

»Ja, das glaube ich. Die ganze Welt weiß, daß Jericho ohne große finanzielle Unterstützung nichts unternehmen kann, um sich und die Millionen, die hierher zurückwandern werden, mit Wohnungen, Jobs, Wasser, Elektrizität und hundert anderen Dingen zu versorgen.«

»Millionen!« sagte ich verstört und meinte damit die Rückwanderer.

»Milliarden!« rief der Manager und meinte damit die finanzielle Unterstützung.

Einer der Männer am Nebentisch lachte, und der Manager wiederholte laut und deutlich: »Milliarden! Selbstverständlich! Wir brauchen eine ganz neue Infrastruktur, wir müssen am Nullpunkt anfangen.«

»Ach so«, sagte ich, über das geklärte Mißverständnis der Milliarden erleichtert. Blieb nur die Frage der Millionen Rückwanderer. Doch die sollte man zunächst wohl nicht so ernst nehmen und auf sich beruhen lassen.

»Ich verstehe«, schloß ich.

»Es wird nicht leicht werden,« bemerkte der Manager, »aber es wird gelingen. Die ganze Welt wird helfen: Amerika, Europa, die Golfstaaten und auch unser Nachbar.«

»Sie meinen Israel?«

»Ja, Israel«, sagte er emphatisch, »unser Nachbar, mit dem wir in Frieden leben werden.«

Der lange, hagere Mann, der ein Vampirgesicht hatte, brachte mir ein Glas Tee, und der Manager stand auf und entschuldigte sich: In einer halben Stunde begänne im Fernsehen die Übertragung aus Washington, und die wollten sich einige Journalisten bei ihm ansehen. Auch ich sei herzlich eingeladen. Seine Privatwohnung befände sich im zweiten Stock des Hotels.

Als er gegangen war, hielt ich mein feuchtes Gesicht dem Ventilator entgegen, der sich müde an der Vanillesoßen-Decke drehte. Der Krach, der von der Straße hereindrang, schwoll immer mehr an. Es fanden wahre Huporgien statt, Schreien, Klatschen, Trommeln. Neugierige Menschen liefen in die Halle, sahen sich um und liefen wieder hinaus. Die Journalisten holten ihre Schreibblöcke aus den Taschen und schulterten ihre Aufnahmegeräte. Eine Schar kleiner Jungen stürmte herein und wurde von einem blonden Hünen fotografiert. Sie blickten mit männlichem Ernst in die Kamera und spreizten zwei Finger zum V-Zeichen.

Die große Stunde Jerichos war nahe. Würde sie seinen Einwohnern das bringen, was sie ersehnten: Freiheit, Größe, Glück, Reichtum, Fortschritt? Würden die Milliarden fließen und die Millionen zurückkehren? Würde aus Jericho eine Großstadt werden, aus dem »Hisham Palace Hotel« der Regierungssitz Arafats und aus dem »Winter Palace« vielleicht ein Luxushotel, in dessen eleganter Bar sich die guten Nachbarn, Palästinenser und Israelis, treffen, um Geschäfte miteinander abzuschließen? Würden die Hügel der Judäischen Wüste hinter Hochhäusern verschwinden und die Menschen über die Natur triumphieren? Würde anstatt eines israelischen Kontrollpunkts eine palästinensische Grenze entstehen und aus dem mir Vertrauten das Fremde?

»Bin gespannt«, sagte einer der Männer am Nebentisch, »was für ein Gesicht Rabin machen wird, wenn er Arafat die Hand gibt. Ich möchte jetzt nicht in seinen Schuhen stecken.«

»Das ist erst der Anfang«, sagte ein anderer,

»und wenn der auch schwer ist, wird er ein Kinderspiel sein gegen das, was noch kommt.«

»Seid mal still«, sagte der dritte und legte die Hand hinters Ohr, »hört ihr nicht auch die Posaunen?«

Sie schüttelten sich vor Lachen, und der Manager schritt in seinem langen weißen Gewand durch die Halle und verkündete mit feierlicher Stimme: »Ladies and Gentlemen, it is time to witness the historical moment.«

Der historische Moment ließ noch lange auf sich warten, und während dieser Zeit saßen wir dicht gedrängt – Journalisten aus verschiedenen Ländern und palästinensische Familienmitglieder des Managers, Männer, Frauen, Kinder und ein Säugling – in einer glasverschalten Veranda vor dem Fernseher. Es war heiß wie in einem Treibhaus und laut wie in einem Affenkäfig. Der Säugling schrie, was ich ihm nicht verdenken konnte, die Kinder langweilten sich und heulten, die Frauen waren damit beschäftigt, kleine Tische auf noch kleinerem Raum hin- und herzuschieben, damit die einen eine Schreibunterlage, die anderen eine Abstellmöglichkeit für Wasserflaschen oder Aschenbecher hatten.

Da die Tischchen nun aber trotz komplizierter Arrangements nicht ausreichten und ständig dem einen weggezogen, dem anderen zwischen die Knie geklemmt wurden, gab es erst Ruhe, als allen Anwesenden arabischer Kaffee serviert wurde und wir sie wohl oder übel teilen mußten. Die Frauen setzten sich und versuchten die greinenden Kinder zu beruhigen. Unterdessen saß man auf dem Fernsehschirm in langen, gesitteten Reihen in dem frisch und nobel aussehenden Park des Weißen Hauses. Die Elite der Politiker mit ihren adretten Matronen und über das Alter des Greinens hinausgewachsenen Kindern. Auch sie warteten auf den historischen Moment und schienen sich dabei mehr zu langweilen als wir, die wir ja dauernd mit allerlei Tücken zu kämpfen hatten. Die Kamera glitt zahllose Male die Reihen auf und nieder, schwenkte auch gelegentlich zur leeren, festlich geschmückten Tribüne. Der Sprecher, der uns das Offensichtliche pausenlos erklärte, redete hebräisch, und das verstanden weder die Journalisten noch die Palästinenser. Sie diskutierten also untereinander darüber, wer dieser oder jener Unerwähnte sein mochte, und kamen bei diesem Ratespiel zu den sonderbarsten Ergebnissen. Als eine gute halbe Stunde auf diese Weise vergangen war, wurden die ersten Mutmaßungen und Befürchtungen unter den Palästinensern laut: Vielleicht war etwas hinter den Kulissen schiefgegangen? Vielleicht waren im letzten

Moment unlösbare Probleme aufgetaucht, eine Kontroverse ausgebrochen? Vielleicht lag alles an dem Händedruck, den entweder Rabin oder Arafat oder beide plötzlich verweigerten. Vielleicht war der eine sogar schon weggelaufen oder der andere gar nicht erst erschienen. Die befragten Journalisten, die immer alles wußten, auch, was sich gerade im Weißen Haus abspielte, lächelten gönnerhaft und erklärten, es sei alles in bester Ordnung. Und natürlich hatten sie recht. Die ersten Ehrengäste betraten die Tribüne, und auf der verglasten Veranda entstand ehrfürchtiges Schweigen. Diesen Moment benutzte eine der älteren Frauen neben mir, sich am tadellos funktionierenden Fernseher zu schaffen zu machen und dabei ein Kabel herauszuziehen. Das Bild erlosch, lautstarke Verwirrung brach aus. Ein paar Männer sprangen auf das Gerät zu, Frauen vertauschten ohne ersichtlichen Grund ihre Plätze, ein heulendes Kind war nicht mehr zu beruhigen. Der Fernseher, an dem jetzt viele hantierten, kippte in verschiedene Richtungen, und als er fast auf dem Kopf stand, erschien das Bild und mit ihm der Präsident der Vereinigten Staaten, der Israels und der Jerichos und des Gaza-Streifens. Ein dicker, kugelköpfiger Mann, der eine bevorzugte Stellung im Hisham-Clan einnahm, klatschte Beifall, das Gerät wurde hastig zurechtgerückt und das heulende Kind entfernt. Der historische Moment war gekommen.

Und da standen sie nun auf der Tribüne, Bill Clinton in der Mitte, auf seiner einen Seite Yitzhak Rabin und Shimon Peres, auf seiner anderen Yassir Arafat und Mahmud Abass. Sie sahen brav und manierlich aus, selbst Arafat machte, trotz Stoppelbart und verwegen drapierter Kefije, einen altväterlichen Eindruck.

Die Journalisten blickten schweigend und mit unbewegten Mienen auf den Bildschirm, aber die Palästinenser freuten sich, lächelten und lachten, machten sich aufgeregt auf dieses und jenes aufmerksam. Das Gruppenbild mit ihrem Präsidenten neben dem Amerikas gefiel ihnen außerordentlich.

Selbstverständlich wurden Reden gehalten, Friedensreden, die austauschbar sind und zu gegebenem Zeitpunkt in allen Staaten der Welt gehalten werden: in großen und kleinen, in reichen, armen und verröchelnden, in totalitären und demokratischen, in Waffen verkaufenden und Waffen kaufenden, in Atombomben hortenden und Atombomben bastelnden.

Frieden war das heilige Wort, der rote Faden, der sich durch die besser oder schlechter formulierten, nüchtern oder emphatisch vorgetragenen Reden der fünf Männer zog. Auch diese Reden fanden großen Anklang bei den palästinensischen Zuhörern und wurden denen, die nicht Englisch verstanden, immer dann übersetzt, wenn sich ein besonders einschlägiges Klischee durch langatmige

Betrachtungen Bahn brach. So durchstreiften wir fünfmal, unter verschiedenen Gesichtspunkten, die 45 Jahre des blutigen israelisch-palästinensischen Konflikts, wurden auf die wahrlich beklagenswerten Opfer der Kriege und des Terrorismus, auf die Helden und Märtyrer der Intifada verwiesen, betraten dann, derselben Richtschnur folgend, den schweren Weg der vor uns liegenden Aufgaben: Annäherung, Kompromißbereitschaft, Umdenken, Abbau des Mißtrauens, Vergebung, Versöhnung, und eilten schließlich einer neuen, verheißungsvollen Zukunft entgegen, die uns Freiheit, Sicherheit, Gleichberechtigung, Zusammenarbeit, kurzum, das einzig wahre, wenn auch etwas spät erkannte Ziel, den Frieden, brachte.

Die Palästinenser lauschten andächtig, nickten zustimmend, senkten die Köpfe in Trauer, neigten sie nachdenklich zur Seite, hoben sie mit entschlossenem Blick, seufzten mit großen, glänzenden Augen ein gemeinsames »Inschallah«.

Die Reden hatten ein Ende gefunden und die Zeremonie des Händeschüttelns begonnen. Man schüttelte und schüttelte, und im Raum stieg die Spannung und machte sich in viel Bewegung und Geschwätz, in unsicherem Lachen und scherzhaften Ausrufen Luft.

Der Gecko stürmte herein und rief: »Ist es schon passiert? Haben sich Rabin und Arafat …?«

Einer der Journalisten winkte ab. »Man wartet

noch auf Josua«, sagte er mit feierlichem Ernst. »Wenn der nicht kommt und den Fluch von Jericho zurückzieht, wagt sich ja niemand die Stadt aufzubauen, und sie brauchen sich gar nicht erst die Hände zu schütteln.«

Die Journalisten brachen in Gelächter aus, die Palästinenser, die zum Glück nichts verstanden hatten, starrten gebannt auf den Fernsehschirm. »Jetzt«, schrie ein junger Mann mit hochrotem Kopf und schweißnassem Hemd: »Jetzt!«

Clinton war einen Schritt zurück-, die beiden Feinde aufeinander zugetreten. Im Raum herrschte plötzlich Totenstille. Und nun geschah es: Sie streckten gleichzeitig die Arme aus, sie legten die Hände ineinander, der Palästinenser mit einem Grinsen, der Israeli mit einem hochgezogenen Mundwinkel, der ein Lächeln andeuten sollte. Der amerikanische Präsident wiederum legte die rechte Hand auf den Rücken Rabins, die linke auf den Arafats und segnete den Bund mit dem wohlwollenden Blick eines Vaters, dem es mit Zuckerbrot und Peitsche gelungen ist, seinen ungebärdigen Söhnen Friedfertigkeit abzuringen.

Die Palästinenser klatschten Beifall, einige umarmten sich. In der glasverschalten Veranda waren die Freiheit und der Frieden ausgebrochen. Und ich, die ich den Reden voller Skepsis gefolgt war, hatte plötzlich Tränen in den Augen. War es tatsächlich der Händedruck gewesen, der mich erschütterte, diese zur Schau gestellte Geste zweier Politiker, die im Friedenschließen nicht etwa eine moralische Verpflichtung sahen, sondern den einzigen Ausweg aus einer unhaltbaren Situation? War es, trotz aller Skepsis, die Freude über diesen ersten konkreten Versuch, den ersten entschlossenen Schritt, dem friedlichen Zusammenleben eine Chance zu geben? War es die totgeglaubte, plötzlich wieder aufflammende Hoffnung auf eine Zeit, in der man nicht ständig mit der Unterdrückung und dem Haß eines anderen Volkes konfrontiert werden würde, die Erleichterung, sich nicht mehr für die Seite, zu der man gehörte, schämen zu müssen? War es die Rührung über das offensichtliche Glück der Palästinenser oder das zwiespältige Gefühl über die jähe Freigabe Jerichos, das nie wieder »mein« Jericho sein würde?

Ich starrte auf einen Gummibaum, der sterbend in einem zu kleinen Topf mit ausgetrockneter Erde steckte, und ich dachte, der ist es, der mich jetzt wirklich zum Heulen bringt. Warum gießt man ihn nicht, den armen Baum, warum läßt man ihn verkommen?

Der große, runde Platz, auf dem einstmals die Obst- und Gemüsepyramiden die einzige Attraktion für fotografierende Touristen und einkaufende Israelis gewesen waren, bildete das Zentrum der Festlichkeiten. Hier feierten Tausende ihre Autonomie, und wäre man nicht mit dem Anlaß vertraut gewesen, hätte man meinen können, es handele sich um die Ankündigung einer Stammesfehde. Das wichtigste war der Krach, denn jeder mußte auf seine Art beweisen, daß er derjenige war, der sich noch mehr freute als alle anderen. Die menschliche Stimme gab da einiges her, und was ihr beim besten Willen nicht mehr gelang, wurde durch Hupen, Trommeln und Klatschen ersetzt. Von dem Balkon der Bürgermeisterei, die mit zahllosen Fähnchen und Fahnen, Arafat-Bildern und Arafat-Postern geschmückt war, brüllten offiziöse Persönlichkeiten dramatische Reden, die sich trotz des Lautsprechers nur an besonders markanten Stellen gegen den Lärm durchsetzten, dann aber mit frenetischem Beifall begrüßt wurden. Versagte einem Redner die Stimme, trat sofort der nächste ans Mikrophon. Man freute sich an allem: den Rednern, denen nie der Stoff ausging; den Autos, die sich, bis auf Kühlerhaube und Dach mit ausgelassenen Menschen bepackt, beharrlich durch die Menge pflügten; den singenden, tanzenden Männergruppen, die, die Arme umeinandergelegt, mit wenig Rhythmus, aber viel Schwung die Beine warfen; dem kleinen Trupp stolzer, blaubehemdeter Pfadfinder, die zu Paukenschlag und Dudelsackgepfeife, unter dem Kommando eines schnauzbärtigen Uniformierten mit roten Epauletten und grünem Käppi, marschierten; den Fernsehteams, die all diese Szenen für die Ewigkeit im Bild festhielten; den Frauen, die in blendend weißen Kopftüchern und glitzernden Festtagskleidern an den Hausmauern entlang standen und sich an der Freude ihrer Männer erfreuten; ja, sogar an den israelischen Militärpolizisten, die, hinter ihrem hohen Gitterzaun verschanzt, dem Trubel zusahen und hin und wieder mit einem Olivenzweig und einem fröhlichen Zuruf bedacht wurden.

Ich hatte Angst vor Menschenmassen, aber ausgerechnet hier, in diesem entfesselten, mir fremden Getümmel, spürte ich sie nicht. Es ging keine Gefahr von diesen Menschen aus, und selbst in den lautesten Schreien, den heftigsten Gebärden verbarg sich keine Aggressivität. Vielleicht lag es daran, daß sie keinen Alkohol anrührten und nicht, wie im Westen, betrunken durch die Gegend torkelten oder aus heiterem Himmel gewalttätig wurden; vielleicht daran, daß sie noch nicht politisiert und einem nationalistischen Verhaltensmuster hörig waren, sondern von einer Freude, die spontan und schlicht aus dem Herzen kam, mitgerissen wurden. Noch waren sie meine Jerichoer, noch, aber vielleicht nicht mehr lange.

»You like it?« fragte mich ein junger Mann mit einem schönen, wilden Gesicht.

»I like it very much.«

»Drink«, sagte er und hielt mir eine Flasche Limonade hin.

Ich trank einen Schluck und gab ihm die Flasche zurück.

»Jericho good!« rief er und verschwand.

Die Menge umschloß mich, nahm mich in sich auf, zog mich mit sich. Ich entdeckte den Gecko, der, ein Tonbandgerät in die Höhe haltend, auf dem Kotflügel eines Autos an mir vorbeiritt, und den karottenroten Kopf des Vikars, der über das Menschenmeer hinausragte. Und dann fiel mir jemand in die Arme und jubelte. »Oh, dich hier zu finden, in unserem geliebten Jericho unter glücklichen Freunden!« Es war Abed, ein Palästinenser aus einem Vorort von Ostjerusalem, mit dem mich, wie er immer wieder betonte, eine rein geistige Freundschaft verband. Sich daran erinnernd, ließ er mich los, entschuldigte sich für die Umarmung, die aus übervollem Herzen kam, und schüttelte meine Hand: »Hast du schon so ein Fest erlebt?« rief er. »Ein Fest des Friedens und der Bruderschaft, ein Aufstand des Guten, ein silberner Vogel, der die Schwingen ausbreitet, ein ...« Er sagte ein paar arabische Worte, deren Reichtum nicht in die nüchterne englische Sprache übersetzt werden konnte.

Abed sprach keineswegs fließend Englisch, aber wenn es um ungewöhnliche Worte ging, hatte er ein großes Vokabular. Er war ein gutaussehender, feingliedriger Mann, Ende Vierzig, Architekt, Poet, Erfinder eines komplizierten Kartenspiels und Vater von fünf Söhnen und ebenso vielen Töchtern. Er liebte die Tiere und die Natur, nur seine Frau, die er mit siebzehn Jahren geheiratet hatte, liebte er nicht, denn sie war für ihn eine geistige Einöde, in der nichts keimte, außer Kindern.

»Komm«, sagte er mit den feuchten Augen unbezähmbarer Emotionen, »ich führe dich auf den Balkon, damit du das Fest richtig sehen kannst.«

»Welchen Balkon?«

Er zeigte auf die Bürgermeisterei: »Der da oben, wo man die Reden hält.«

»Aber Abed«, protestierte ich, »da dürfen wir doch nicht rauf, der ist doch nur für Redner und Ehrengäste.«

»Mit mir darfst du überall hin. Ich kenne ganz Jericho, und ganz Jericho kennt mich. Ich will, daß du den besten Platz hast, um das Fest zu sehen. Komm!«

Ich folgte ihm zum Eingang, an dem bereits ein Menschenknäuel die gleiche Absicht hatte wie mein geistiger Freund, aber von zwei Türhütern mit militärischer Kopfbedeckung abgewiesen wurde.

»Siehst du!« sagte ich zu Abed.

Er nahm meine Hand und zerrte mich durch das Knäuel vor die Tür, in deren Rahmen ein hoher Aktenschrank klemmte. Was er zu den Männern sagte, verstand ich nicht, doch klang es sehr dringend und so, als handele es sich bei uns um hohe, zu spät gekommene Ehrengäste, Journalisten oder Redner. Zu meiner Verblüffung packten die beiden Türhüter zu und rückten den Schrank ein Stück zur Seite. Wir zwängten uns durch den Spalt und standen im Foyer der Bürgermeisterei, in dem viele leere Plastikflaschen, Zigarettenkippen und die ausgespuckten Schalen der im Orient beliebten Kürbis- und Sonnenblumenkerne lagen. Während wir zum dritten Stock hinaufstiegen, fragte ich mich, ob es sich bei dem Zustand, in dem sich das Gebäude befand, um einen alltäglichen oder dem Fest entsprechenden außergewöhnlichen handelte. Sowohl das Treppenhaus als auch Gänge und Zimmer, in die ich durch weit geöffnete Türen einen Blick werfen konnte, sahen aus, als sei ein Hurrikan durch sie hindurchgefegt. Die paar Möbelstücke standen kreuz und quer, und der Boden war mit Papieren jeglicher Art bestreut. Ein Mensch war nirgends zu sehen.

Abed, der mir vorausgeeilt war, drehte sich zu

mir um und frohlockte: »Gleich wirst du sehen, was da oben los ist!«

Ich hörte es bereits, und als ich es dann auch noch sah, kamen mir große Bedenken. Konnte ein schwächlicher Balkon so viele aktive Männer tragen? In der einen Ecke waren die Redner versammelt, viele Redner, und während einer von ihnen ins Mikrophon schrie, diskutierten die anderen geräuschvoll untereinander. In der anderen Ecke stand ein vierköpfiges Fernsehteam mit den dazugehörigen Gerätschaften. Zwischen diesen beiden Polen schwirrten aufgeregte Menschen hin und her oder hingen in Trauben über der Balkonbrüstung. Allein ein Ordnungshüter, ein grimmig aussehender Bursche, stand breitbeinig neben der Tür und ließ durchblicken, daß seine Anwesenheit auf dem Balkon die einzig gerechtfertigte sei. Er trug, aus welchem Grund auch immer, eine Tarnuniform, auf dem Kopf eine ebenfalls gescheckte Schirmmütze und an seinem breiten Ledergürtel ein gewaltiges Messer, das zum Glück in einer Scheide steckte. Damit nicht genug, hing an einem Riemen über seiner Schulter eine Maschinenpistole, die mir, mit dem Anblick von Maschinenpistolen sattsam vertraut, etwas klein und mickrig vorkam.

»Das gibt es doch gar nicht«, dachte ich, mich näher an den Mann heranschleichend, »als Palästinenser darf er doch gar keine Waffe haben, geschweige denn tragen!« Und dann stellte ich fest, daß es sich um eine Spielzeug-Maschinenpistole aus schwarzem Plastik handelte. Mich überkam ein elendes Gefühl; auf der einen Seite hatte ich Mitleid mit dem jungen Burschen, der sich mit diesem grotesken Ding Macht und Ansehen zu verschaffen glaubte, auf der anderen spürte ich Empörung, deren Ursprung der Gedanke war: ein hoffnungsloser Fall, diese Menschheit, ein aussichtsloses Unterfangen, der Frieden.

»Was stehst du denn da?« rief Abed, der einen Platz an der Balkonbrüstung ergattert hatte. »Komm schnell her, es ist ein wunderbarer Anblick!«

Ich war die einzige Frau auf dem Balkon, und wahrscheinlich dachten die, die hinaufschauten und mich da stehen sahen, ich müsse die Königin von England sein. Nichts war unmöglich in dieser großen Stunde, in der sich Jericho bereits als Hauptstadt Palästinas wähnte, das »Hisham Palace Hotel« der Regierungssitz der PLO wurde, das Volk im Freudentaumel endlich seine Fahne schwenken durfte und ein getarnter Mann mit Spielzeugwaffe Ordnung hielt.

Ich winkte meinen Jerichoern zu, und sie winkten stürmisch zurück. Nichts war unmöglich in dieser großen Stunde.

»Es sind gute Menschen«, sagte Abed und warf gedankenverloren seinen glühenden Zigarettenstummel über die Brüstung, »sie haben weiße Seelen.«

Ein neuer Redner war ans Mikrophon getreten und schlug, sowohl an Lautstärke als an Pathos, alle vorangegangenen.

»Er sagt ein Gedicht auf«, erklärte Abed und versuchte es mir zu übersetzen. Es war von Helden die Rede, von Märtyrern, von Müttern, von Blut, von Kampf, von Sieg, von Sonnenaufgang, von sprudelnden Quellen, von Blumen, von Allah.

»Es ist ein kostbares Gedicht«, seufzte Abed, »leider fehlen mir die englischen Worte.«

Inzwischen war die Sonne untergegangen und die kurze Dämmerung angebrochen. Der Himmel über Jericho verdunkelte sich. Es sah aus, als gösse jemand violette Tinte in das strahlende Azurblau, male im Westen einen breiten safrangelben Streifen an den Horizont und da hinein die tiefschwarze Wellenlinie der judäischen Hügel.

Noch immer wurden Reden geschwungen, Trommeln geschlagen, Hupen strapaziert, Hände wundgeklatscht, Stimmen heiser geschrien. Keiner schien Notiz von den dramatischen Farben des Himmels, dem Aufblinken des Abendsterns zu nehmen. Selbst Abed, der Naturfreund, nicht.

»Es ist Zeit, daß ich gehe«, sagte ich.

»Jetzt schon«, rief Abed entsetzt, »jetzt fängt das Fest doch gerade erst an!«

»Und wann hört es auf?«

»In ein, zwei Tagen.«

»Aber ohne mich, Abed.«

»Gut, dann gehen wir jetzt essen und trinken. Du bist mein Gast, meine geliebte, geistige Freundin, die aus Israel gekommen ist, um mit uns zu feiern.«

Meinen Vorschlag, in den »Schattigen Hain« zu gehen oder in »Die Rose des Jordantals«, lehnte er ab, denn es gab ein Gartenrestaurant, in dem die arabischen Salate viel besser und billiger sein sollten. So hatte Dimitri gesagt, und Dimitri mußte es schließlich wissen. Wir waren ihm auf der Straße begegnet, wo er auf einer alten Kiste vor seinem verwahrlosten Anwesen gesessen hatte, und Abed, dem heute nur Wunder zustießen, war mit einem Glücksschrei neben ihm in die Knie gegangen und hatte ihn umarmt.

»Das ist der Mann, den ich zu meinen ältesten und wertvollsten Freunden zähle«, hatte er ihn mir vorgestellt, und wir waren zu dritt weitergegangen.

Dimitri, ein altes Männlein mit dem Gesicht einer schlauen Ratte, war griechischer Abstammung und bereits während der türkischen Besatzung in Jericho geboren worden. Sein Onkel, ein hoher kirchlicher Würdenträger, hatte sich in einem Kloster in der Nähe von Jericho niedergelassen, und dessen Bruder, Dimitris Vater, war ihm gefolgt, um in der Oase sein Glück zu suchen und zu finden. Er hatte Land gekauft, Zitrusplantagen angepflanzt, das erste große herrschaftliche Haus gebaut, geheiratet und Kinder gezeugt, von denen Dimitri das jüngste gewesen war. Inzwischen waren seine Geschwister gestorben, das herrschaftliche Haus verfallen und die Plantagen, nur noch von zwei arabischen Arbeitern bewirtschaftet, verwildert. Der alte Dimitri lebte mit seiner griechischen Frau und zwei unverheirateten Töchtern in einem Haus in Ostjerusalem, fuhr aber jeden Tag nach Jericho, um dort auf einer Kiste zu sitzen, den zwei Arbeitern Anweisungen zu geben und den allgemeinen Zerfall zu beklagen.

»Es ist die Unordnung«, seufzte er, »kein Mensch weiß mehr, wo es langgeht, und wenn der Mensch nicht mehr weiß, wo es langgeht, herrscht Tohuwabohu. Früher, als noch Ordnung herrschte …«

»Und wann war das?« wollte ich wissen.

»Als die Engländer hier waren. Das waren Kolonialherren, die wußten, wie man sich den Eingeborenen gegenüber verhält. Sie waren streng, aber auch großzügig. Ich habe mit ihnen zusammengearbeitet.«

»Und als die Jordanier kamen?«

»Auch die wußten, wie man Ordnung macht.

Die jordanische Armee war ja von den Engländern ausgebildet worden, und darum haben sie viel von ihnen gelernt.«

»Aha«, sagte ich und griff nach meinem Glas Arrak.

Der kleine Mann mit dem Rattengesicht, dem dreiteiligen Anzug von verblichener britischer Eleganz und den unbekömmlichen ideologischen Ansichten war eine Fundgrube. Es gab kaum noch jemanden, der vier Besatzungen durchlebt hatte, und bestimmt keinen einzigen, der in fließendem Englisch zusammenhängend davon erzählen konnte.

»Und an die türkische Herrschaft«, fragte ich, »können Sie sich auch noch erinnern?«

»Selbstverständlich, ich war ja schon ein zehnjähriger Bub damals. Die Türken waren Türken. Ein primitives Volk, haben gelebt wie die Tiere und sich um nichts gekümmert. Jericho war ein kleines Drecksnest, Lehmhütten und Zelte, Ungeziefer und Krankheiten, kein Wasser, keine Elektrizität. Doch wenn man klug war, wie mein Vater, konnte man alles machen und alles haben. Nur waren die Jerichoer eben alles andere als klug und haben auch gelebt wie die Tiere und sich um nichts gekümmert.«

»Da müssen die Engländer, als sie kamen, aber viel Mühe gehabt haben, Ordnung zu schaffen.«

»Die haben sich nicht viel Mühe gemacht, haben gesehen, daß da nichts zu holen ist, und sind in

Jerusalem geblieben. Nur ein paar britische und arabische Polizisten waren hier unten stationiert, und mehr hat man auch nicht gebraucht. Eine Herde Schafe braucht auch nur einen Hirten und einen Hund. Die Lehmhütten und Zelte sind geblieben, aber hier und da gab es schon Wasser und Elektrizität, und ein paar reiche Araber haben Land gekauft und sich darauf große, protzige Häuser gebaut. Eine sehr begüterte, kultivierte Jerusalemer Familie hat zwei Hotels bauen lassen: den ›Hisham‹ und den ›Winter Palace‹.«

Ich horchte auf. Endlich jemand, der den Winterpalast nicht nur aus der verschwommenen Sicht romantischer Eskapaden kannte!

»Waren Sie öfter im ›Winter Palace Hotel‹?« fragte ich gespannt.

»Natürlich! Wer war das nicht! Im Winter herrschte großer Betrieb, man kam aus ganz Palästina und den arabischen Staaten und verbrachte einige Wochen dort.«

»Aber auch Juden und Engländer gingen hin.«

»Oh, ja, alle gingen dort hin. Es war ein schönes Hotel, eine sehr gepflegte Atmosphäre.«

Entweder hatten das Rattengesicht und ich eine verschiedene Auffassung von gepflegter Atmosphäre, oder er kannte das Hotel auch nur aus der verschwommenen Sicht romantischer Eskapaden.

»Gab es dort auch eine Bar mit Musik?«

»Natürlich, alles gab es dort.«

»Haben Sie vielleicht zufällig mal eine hübsche junge Frau mit grünen Augen in der Bar gesehen oder sogar kennengelernt. Sie hieß Lydia.«

»Lydia …«, sagte er, und ich hielt den Atem an. »Lydia? Nein, der bin ich leider nie begegnet. An eine junge, hübsche Frau mit grünen Augen würde ich mich bestimmt erinnern.«

Abed, der bis dahin still, und von den umfassenden Kenntnissen seines Freundes beeindruckt, gelauscht hatte, sagte traurig: »Ich bin in Jericho keiner Lydia, sondern einer Leila begegnet. Sie war auch jung und hübsch, und wenn man siebzehn ist, sieht man nichts anderes und macht den größten Fehler seines Lebens.«

»Kommt deine Frau aus Jericho?« fragte ich.

»Nein, aus Lod, aber als die Juden kamen, ist sie mit ihrer Familie geflohen und in dem großen Flüchtlingslager in Jericho hängengeblieben.«

»Das war eine schreckliche Unordnung«, schrie Dimitri gegen einen Lastwagen an, der gerade mit einem Rudel trommelnder Jugendlicher auf der Straße vorbeifuhr, »ein richtiges Tohuwabohu! Eine Sturzflut von Flüchtlingen aus ganz Palästina und keine Unterkünfte, keine sozialen oder medizinischen Einrichtungen, nicht mal genug zu essen. Jericho hatte dreitausend Einwohner, und plötzlich waren es hundertdreißigtausend.«

»Wie ist man denn damit fertig geworden?« fragte ich.

»Man hat sich zu helfen gewußt, und man hat geholfen. Man hat sehr schnell zwei Lager gebaut, Lehmhütten, kein Wasser, kein Licht, aber wenigstens ein Dach über dem Kopf. Die UNWRA hat die ärmsten der Armen ernährt, aber viele haben auch Geld mitgebracht, andere gearbeitet. Ich zum Beispiel habe ein paar auf meinen Plantagen beschäftigt, und die Familie Husseini, die furchtbar viel Land in Jericho hatte, hat vielen ein Stückchen davon gegeben. Sie durften es bepflanzen und die Hälfte des Ertrags behalten. Und wie schon gesagt: Die Jordanier haben viel von den Engländern gelernt, die wußten, wie man Ordnung hält. Unter ihnen wurden auch die ersten Steinhäuser in Jericho gebaut.«

»Ja, das war schön, damals«, strahlte Abed unverhofft.

»Was?« fragte ich. »Die Steinhäuser?«

»Nein, das Lager. Es war wie eine richtige kleine Stadt, so lebendig und so viele Märkte und alles viel billiger. Ich war oft dort, habe eingekauft und mit meinen Freunden Tee getrunken und Karten gespielt.«

»Kommt eben immer drauf an, wie man etwas sieht«, sagte Dimitri achselzuckend.

»Ja«, stimmte Abed zu. »Zwei sehen einen Wurm, und der eine sagt: ›Hu, wie ekelhaft‹, und der andere: ›Ah, wie hübsch grün er schillert.‹« Er schob mir einen Teller mit Auberginenmus zu: »Komm, nimm! Warum ißt du so wenig? Schmecken dir die Salate nicht?«

»Doch, ich habe nur nicht viel Hunger.«

»Das ist die Aufregung«, sagte Abed, »von so einem Tag ist man überwältigt, das Herz läuft einem über. Da schau, wie voll das Restaurant ist und wie sich die Menschen freuen! Überall Musik, überall lachende Gesichter. Hast du geglaubt, daß wir das noch erleben würden?«

Nein, das hatte ich nicht, und es kam mir immer noch unwirklich vor. Die Gartenrestaurants in Jericho bis auf den letzten der zahlreichen Stühle besetzt, ein Lärm wie auf einem Jahrmarkt, eine Unmenge von Kindern, die aus Freude, aus Wut oder Müdigkeit schrien, Familien, die aßen und tranken, lachten und sangen, Kellner, die mit immer neuen Tellern und Flaschen hektisch hin- und herrannten, Gastwirte, die immer mehr Geld in die Kassen stopften, ein alter Mann, der plötzlich auf einen der Tische kletterte, seine Jallabia raffte und graziös tanzte. Wie hätte ich dieses stürmische Erwachen aus einem sechsundzwanzig Jahre währenden Dornröschenschlaf erwarten können?

»Meinst du, es wird jetzt immer so bleiben?« fragte ich und schwankte zwischen dem altruistischen Wunsch, es möge so bleiben, und dem egoistischen, es möge, um Himmels willen, wieder ruhig werden.

»Natürlich wird es so bleiben«, rief Abed mit einer Überzeugung, die jeglichen Zweifel in mir erstickte. »Jericho ist auferstanden, es wird der Regierungssitz Abu Amars, das Juwel Palästinas. Alle werden hierher kommen, Muslime aus der ganzen Welt, Christen, Juden, Israelis.«

»Das ist die totale Unordnung«, sagte Dimitri, »eine solche Unordnung hatten wir noch nie!« Und er wischte sich den Schweiß von der Stirn und knöpfte die Weste auf.

»Damals«, fragte ich, »1967 nach dem Sechs-Tage-Krieg, ging es da ordentlicher zu?«

»Das war entsetzlich«, stöhnte Abed, sich ans Herz greifend, »ich bin mit meiner ganzen Familie, Mutter, Schwiegereltern, Frau und zwei kleinen Söhnen, aus Ostjerusalem nach Jericho geflohen. Wir wollten über die Brücke nach Jordanien. Meine Mutter hat einen Sack Zucker auf dem Kopf, und ich Mohammed, den jüngeren, der schwer krank war, auf dem Rücken geschleppt. Quer durch die Wüste, und die Angst und die Hitze! Es war entsetzlich! Meiner Mutter wurde der Sack zu schwer, und sie hat immer mehr Zucker einfach auf den Boden geschüttet ...«

»Das war die Verzweiflung«, nickte Dimitri mir zu, »die Verzweiflung ...«

»Und ich hab' immer wieder nachgeschaut, ob Mohammed, der ja so schwer krank war, schon tot ist, damit ich ihn begraben und weiterfliehen kann.«

»Die Verzweiflung entseelt den Menschen«, sagte Dimitri, kummervoll den Kopf schüttelnd.

»Und als wir schon fast in Jericho waren, haben wir von anderen Flüchtlingen gehört, daß die Brücke nach Jordanien zerstört worden ist und wir nicht mehr rüber können. Ich habe mich einfach hingesetzt und geschrien und geweint.«

»Großer Gott«, sagte ich, »und was habt ihr dann gemacht?«

»Freunde von mir sind in den Jordan gesprungen, aber ich habe Angst vor Wasser. Wir sind also den ganzen Weg zurück nach Jerusalem gelaufen, und als wir ankamen, war das Haus leer. Alles gestohlen. Aber die Israelis waren sehr freundlich und haben uns gesagt, wir brauchten keine Angst vor ihnen zu haben und könnten in Ruhe bei ihnen leben. Und so war es auch, bis zur Intifada.«

»Ja«, erinnerte sich Dimitri, »das war ein Betrieb auf dem Jordan, Johannes der Täufer hätte seine Freude gehabt. Als die Brücke gesprengt war, sind viele Männer ins Wasser gesprungen, das war ja nicht sehr tief, sie haben erst die Kinder rübergebracht, dann die Säcke und Bündel und Taschen und schließlich die Frauen. Hunderte von Menschen sind da rumgeplanscht. Aber dann haben die Israelis Ordnung gemacht und die Menschen, die noch nicht auf der jordanischen Seite waren, zurück in ihre Heimatorte geschickt. Sie haben ihnen ja wirklich nichts getan, bis zur Intifada.«

»Ich bin ein Mann des Friedens«, verkündete Abed, »kein Krieg, kein Sieg, keine Heldentat bedeutet mir mehr als der heilige Frieden.«

»Ordnung ist alles«, erklärte Dimitri, »nur wenn Ordnung unter den Menschen herrscht, herrscht auch Frieden.« Er ließ seinen Blick langsam und unheilvoll über die ordnungswidrige Menschenmenge von einem Ende des Gartens zum anderen wandern: »Was aus Jericho werden wird«, schloß er, »weiß ich nicht, weiß kein Mensch, und der, der glaubt, es zu wissen, glaubt an Märchen.«

Seither ist ein Dreivierteljahr vergangen. In den ersten Monaten bin ich noch oft nach Jericho gefahren, um ja nicht die Fortschritte zu versäumen, die es auf dem Weg zur Hauptstadt Palästinas macht. Sie waren gering, wenn man nicht die regere Betriebsamkeit in den Straßen, das große Angebot nationalistischer Andenken und fachgerecht hergestellter Fahnen, sogar solcher mit Spitzenborte, als rapiden Fortschritt bezeichnen will. Aber meine Hoffnungen und Erwartungen hatten sich an denen der Jerichoer entzündet, und so glaubte ich, der Aufstieg könne über Nacht einsetzen. Es war ja nur eine Frage des Geldes, und wenn sich der Goldregen demnächst über Jericho ergösse, würde es mit der Geschwindigkeit eines Bougainvilleastrauches wachsen und auch mit dessen Üppigkeit blühen. Und hatte die Welt nicht eine moralische Verpflichtung, dieses winzige, ewig zurückgesetzte, autonome Gebiet, diese zukünftige Hauptstadt Palästinas, tatkräftigst zu unterstützen?

»Die Welt hat dringendere Sorgen als Jericho«, sagte Henry, aber der Manager des »Hisham Palace Hotels« war ganz anderer Meinung. Er thronte auf seinem hohen Sessel, die heiligen Bücher vor sich auf dem Tisch, eine Gebetskette zwischen den Fingern. Sein Hofstaat, die Journalisten, hatten sich im wahrsten Sinne des Wortes aus dem Staub gemacht, und nur der lange, hagere Mann mit dem Vampirgesicht hing zeitunglesend über der Bartheke. Mineralwasser gab es noch immer nicht, und auch die Klofrage war ungeklärt geblieben.

Ob er nun bald mit den Bauarbeiten beginne, erkundigte ich mich. Das Geld wäre noch nicht eingetroffen, erklärte er mir, aber jetzt könne es sich nur noch um Tage handeln. Immerhin sei es im Interesse der PLO, einen standesgemäßen Sitz für etwa viertausend Regierungsbeamte in Jericho zu haben.

Ich schaute mich besorgt in der Halle um, in der sich von der Schokoladenpudding-mit-Vanillesoße-Farbe bis zu den Alpenlandschaften nichts geändert hatte, und fragte, ob das Hotel nicht etwas zu klein sei für viertausend Regierungsbeamte.

In keiner Weise, meinte der Manager gelassen, das »Hisham Palace Hotel« habe große Potentiale.

Wann man Arafat erwarten könne, wollte ich wissen.

Sozusagen täglich.

Diese Erwartung teilte er mit ganz Jericho. Man wartete auf Arafat wie die orthodoxen Juden auf den Messias, denn so, wie der eine einem das goldene Zeitalter bringen würde, würde der andere die Milliarden bringen – was in etwa auf dasselbe herauskam. Die Privatvilla für den palästinensischen Regierungschef stehe schon bereit, sagten sie, und auf meine Fragen, wo sie sich befände, bekam ich drei verschiedene Antworten. Bei meinem nächsten Besuch beschloß ich, die Villa aufzusuchen, die mir der Beschreibung nach am geeignetsten erschien. Sie befand sich auf dem Weg zur Allenby Bridge, der Brücke, die über den Jordan nach Jordanien führt, etwa hundert Meter landeinwärts, neben einem Bananenfeld. So hatte man es mir erklärt, und um das Haus ja nicht zu verfehlen, ging ich den letzten halben Kilometer zu Fuß. Ich fand die Villa auch, ein pagodenartiges Bauwerk mit geschwungenen roten Ziegeldächern, das einsam und geziert am Rand des Bananenfeldes stand. Es hatte weder einen Garten noch eine gepflasterte

Zufahrtsstraße, aber das, sagte ich mir, würde schon noch werden. Erst sollte mal Arafat mit den Milliarden kommen.

Nachdem ich das Haus eine Weile nachdenklich betrachtet hatte, lief ich zum Auto zurück. Es war gerade Mittag und die Straße ausgestorben. Ich war daher erschrocken, als auf lautlosen Gummisohlen ein junger Bursche an meiner Seite auftauchte, der alles andere als vertrauenerweckend aussah. Er hatte ein primitives Gesicht, eine stämmige Figur, und auf seinem Shirt waren sämtliche palästinensischen Symbole vereint.

»Hello«, sagte er, »where you from?«

»West-Jerusalem«, sagte ich, denn da wir jetzt Nachbarn waren und nicht mehr Besatzer und Besetzte, konnte man das ruhig sagen.

»Welcome«, sagte er, »Jericho good now.«

Dem durfte man sich nicht verschließen, und ich ließ mich auf ein Gespräch über die Vorzüglichkeit Jerichos, die Zukunftsziele seiner Einwohner und die Stärke Arafats ein. Es ging alles reibungslos, bis zu dem Moment, in dem er unmittelbar aus einem patriotischen Satz heraus fragte: »You want fock?«

Ich verstand ihn nicht, was in diesem Fall weniger mit meiner langsamen Auffassungsgabe als mit meinem europäischen Weltbild zusammenhing. Sein Ansinnen war für mich so unvorstellbar, daß ich auf den Gedanken kam, es müsse sich bei »fock« um den Namen einer der zahlreichen Limonaden handeln, die die Bevölkerung vor Austrocknung bewahrte.

»No, thank you«, sagte ich.

Für ihn wiederum war meine Absage unvorstellbar, und als wir an einem dunklen Toreingang vorbeikamen, griff er plötzlich nach meinem Arm und wiederholte den Satz, diesmal nicht als Frage, sondern als Feststellung: »You want fock!«

Jetzt verstand ich, und mit dem Verstehen sah ich rot.

»Verschwinde!« schrie ich ihn an. »Du Dreckskerl, du Abschaum von Jericho!«

Er hatte Angst vor Furien und verschwand so schnell und lautlos, wie er gekommen war.

Unglaublich! Der Aufstieg Jerichos hatte noch nicht begonnen, da brachen die Sitten schon zusammen. Noch nie war mir so etwas hier passiert. Dimitri hatte recht, es herrschte totale Unordnung, besonders in den Köpfen der Leute. Wenn das so weiterginge und das Geld nicht einträfe …!

Es traf nicht ein, dafür aber eine berühmte französische Fußballmannschaft, die gegen die Jerichoer antrat und darin wohl weniger eine sportliche als humanitäre Leistung sah. Mit Recht, denn die französischen Spieler müssen anschließend alle in der Intensivstation gelandet sein.

Ich fuhr zu diesem Fußballspiel mit Henry nach Jericho. Sämtliche Männer der besetzten Gebiete und die des autonomen Gaza-Streifens fuhren nach Jericho. So jedenfalls sah es aus. Das Städtchen war ein einziger chaotischer Parkplatz, die Menschen in einem Aufruhr, der erkennen ließ, daß ein Fußballspiel aufregender ist als ein Händedruck zwischen Rabin und Arafat.

Wir fanden schließlich eine Lücke, in die der Kühler meines Autos paßte, und mußten dann, in einem Strom von Wilden, eine gute Viertelstunde zum sogenannten Fußballplatz laufen. Henry, der behauptete, ich hätte ihn zu diesem Wahnsinn gezwungen, schimpfte unentwegt, und ich litt an ominösen Atembeschwerden, die sich mit jedem Schritt verstärkten. Als wir uns dem Platz näherten, sahen wir einen Staubpilz vom Ausmaß einer nuklearen Explosion, und als wir darin eintauchten, erkannten wir nur noch den Umriß eines gigantischen Menschenknäuels und hörten den irren, heiseren Aufschrei einer zigtausendköpfigen Menge. Es gelang mir gerade noch, den Arm des fliehenden Henry zu packen und mich von ihm der Hölle entreißen zu lassen; ihn zu beruhigen gelang mir nicht mehr.

Wir verbrachten drei Stunden auf dem Dach eines Hauses, denn die Straße, von zahllosen Autos total blockiert, verhinderte unsere Rückkehr nach Jerusalem. Der Besitzer des Daches, ein älterer, ehemaliger Schullehrer, der uns in unserer Not aufgenommen und mit Litern süßer Limonade gestärkt hatte, sah in dem Fußballspiel das bedeutendste Ereignis schlechthin. Es sei, sagte er, der Beweis, daß man Jericho jetzt sogar in sportlicher Hinsicht ernst nähme, und Sport sei in unserem progressiven Zeitalter das, was die Völker der Welt miteinander verbinde.

»Das und die horrende Dummheit«, bemerkte Henry, aber immerhin so leise, daß nur ich es hörte.

Als das Spiel beendet war, schob sich eine endlose, gelbbraun gepuderte Autokolonne ruckweise die Straße hinunter und schickte Staubböen bis auf unser Dach. Der Lärm war ohrenbetäubend und die Menschen in einem Zustand geistesgestörter Euphorie. Jericho hatte gewonnen, was kein Wunder war, denn wer außer den Eingeborenen hätte unter diesen infernalischen Umständen sehen, atmen, geschweige denn einem Ball nachrennen können. Von der französischen Mannschaft, die anschließend gegen Israel hätte spielen sollen, hat man nie wieder ein Wort gehört.

Jericho zehrte wochenlang von dem gewonnenen Fußballspiel, und das war in Anbetracht der Lage günstig. Weder Arafat noch die Milliarden waren eingetroffen, und ein neues Ereignis von ähnlicher Größe, das die Palästinenser zu Tausenden in das Städtchen katapultierte, seine Straßen und Restaurants füllte und seine Bewohner ruhmreich auf den Fernsehschirm bannte, zeichnete sich nicht ab.

Der Winter kam, die Hitze wich, es wäre der richtige Zeitpunkt gewesen, mit dem Umbau des »Hisham Palace Hotel« und dem Aufbau Jerichos zu beginnen. Doch nichts dergleichen geschah.

»So was geht nicht wie das Pitabacken«, belehrte mich Abed, mein geistiger Freund, mit dem ich nach Jericho gefahren war, »auch eine Rose braucht Zeit, bis sie heranwächst, Knospen ansetzt und aufblüht. Aber dann …«

Er fuhr sich mit einem kleinen rosa Kamm durch das pomadisierte Haar, befeuchtete den Mittelfinger und strich den Schnurrbart glatt. Seine braune Hose saß wie angegossen, sein Hemd war weiß wie eine gerade vom Himmel gefallene Schneeflocke, in seiner braun-orange gestreiften Krawatte steckte eine kleine, goldene Nadel, und er duftete wie ein Jasminstrauch in voller Blüte. Er hatte mich nach Jericho begleitet, um seine architektonischen Kenntnisse anzubieten, und zu diesem Zweck einen schmalen Hefter mit Personalien und Referenzen mitgenommen.

»Fahr bitte in den Hof des Krankenhauses«, sagte er, »da arbeitet der Vater meiner Schwiegertochter als Ambulanzfahrer, und dein Auto ist sicher.«

Zum erstenmal sah ich das Krankenhaus aus der Nähe, und es war größer und solider, als ich gewähnt hatte. Im Hof herrschte geschäftiges Treiben und eine für Krankenhäuser empfehlenswerte

Atmosphäre: Ärzte und Pflegepersonal, Patienten und Besucher liefen, saßen und standen herum. Die meisten Männer rauchten Zigaretten, die Frauen schwatzten, die Kinder spielten. Dann fuhr gemütlich eine Ambulanz herein, am Steuer ein prächtiger dunkelhäutiger Mann unter einer rotgewürfelten Kefije, der wahrscheinlich gerade das Mittagessen eingekauft hatte. Er war der Vater von Abeds Schwiegertochter.

Was nun geschah, durchschaute ich nicht mehr, aber es war eine neue Facette im Bild von Jericho und daher interessant. Der Ambulanzfahrer brachte uns zur sogenannten Klinik, die sich außerhalb des Krankenhauses in einem zerbröckelnden Haus befand. Dort gingen wir an zwei Wartezimmern vorbei, das eine für weißbetuchte Frauen und schreiende Kinder, das andere für kaffeetrinkende Männer, und betraten unangemeldet das Sprechzimmer des Arztes. Der, ein fortschrittlicher Mann in sportlicher Kleidung, telefonierte, während drei andere Männer auf dem Balkon saßen und Sheschbesh spielten. Nachdem das Telefonat beendet war, entspann sich zwischen Abed und dem Arzt ein langes Gespräch. Eine alte Frau brachte Tee, ein schmales Bürschchen betrat die Praxis, der Arzt entschuldigte sich und ging, das Bürschlein führte uns in das Zimmer, in dem die Männer Kaffee tranken. Dort unterhielt sich Abed mit einem braungegerbten, von Kopf bis Fuß weißgekleideten Scheich, der geleitete uns zur Bürgermeisterei, die genauso leer und durcheinandergewirbelt aussah wie bei meinem Besuch aus Anlaß des Festes, und stellte uns in einem großen Sitzungssaal mit einem etliche Meter langen Tisch und vielen Plastikstühlen ab. Wir setzten uns ans Kopfende des Tisches, Abed öffnete den Hefter und erklärte mir anhand arabisch beschriebener Seiten, daß seine Familie hunderttausend Mitglieder zähle, von denen dreißigtausend in Jordanien lebten und einige hundert Akademikertitel hätten. Kaum hatte ich mich von meinem Erstaunen über eine so gewaltige Familie erholt, betrat ein junger, scheuer Mann den Raum und stellte sich als die rechte Hand des Bürgermeisters vor. Dann unterhielt er sich mit Abed, las in dem Hefter, nickte beeindruckt mit dem Kopf. Als etwa eine halbe Stunde vergangen war und die Männer sich mit allen Anzeichen gegenseitigen Respekts verabschiedet hatten, wagte ich der rechten Hand des Bürgermeisters zwei brennende Fragen zu stellen: »Hat sich seit der Grundsatzerklärung etwas in Jericho geändert?« erkundigte ich mich.

»Nein«, erwiderte der scheue junge Mann, »nichts hat sich geändert.«

»Wann wird Arafat kommen?«

»Wann Arafat kommt?« wiederholte er meine Frage mit einem verlegenen Kichern. »Keine Ahnung, wann er kommt – vielleicht morgen, vielleicht übermorgen, vielleicht nie.«

Am 25. Februar fand in Hebron das Massaker statt, an dem, während Ramadan, dreißig betende Muslime von einem israelischen Siedler amerikanischer Abstammung mit einem Maschinengewehr ermordet wurden. Zum erstenmal seit dem Sechs-Tage-Krieg im Jahr 1967 brachen in Jericho Krawalle aus. Man tobte, verbrannte Autoreifen, warf Steine. Noch Wochen danach war man in keinem Wagen mit einem israelischen Nummernschild sicher, egal, ob sich darin Touristen, Journalisten oder Israelis befanden. Das friedliche Jericho zeigte die Zähne. Vielleicht war es ein Zeichen dafür, daß seine Unabhängigkeit Früchte trug.

»Gut so«, sagte ich zu Henry, »wird höchste Zeit.«

»Wird auch nichts ändern«, sagte er.

Aber das stimmte nicht. Von einem meiner Bekannten, einem Journalisten, der während der unruhigen Zeit mit einem palästinensischen Taxi nach Jericho gefahren war, erfuhr ich, daß die Bewohner nicht nur Steine warfen, sondern auch die Straßen fegten.

»Was tun sie?« fragte ich verdutzt.

»Sie machen alles Sichtbare sauber. Und sie pflanzen Blumen auf dem kleinen Viereck in der Mitte des großen Platzes.«

»Wird auch gebaut?«

»Nein, im Gegenteil. Das Dach des Winterpalastes ist noch mehr eingebrochen, und der ›Hisham-Palast‹ wird nun weder Regierungsgebäude noch umgebaut.«

Wochenlang geschah gar nichts. Die Straßen waren gefegt und wieder versandet, das kleine Viereck bepflanzt und wieder verdorrt, im »Hisham Palace Hotel« lagen die Heiligen Bücher auf dem Tisch, aber kein Manager war zu sehen. Ich erkundigte mich, wo er sei, und der Vampir gab mir die Auskunft, er sei ausgegangen, aber »maybe« bald wieder zurück.

Ich fuhr die Straße mit den Gartenrestaurants entlang. Sie waren leer. In der »Rose des Jordantals« wehte auf dem Dach des Hauses eine palästinensische Flagge. Der Orangenbaum trug frische Früchte. Das Tor stand offen. Von George keine Spur. Der »Schattige Hain« hatte seinem Namen Ehre gemacht, und ich sah zu meinem Entsetzen, daß der ganze Garten mit häßlichen Wellblechdächern bedeckt war. Dafür fehlte meinem Winterpalast drei Viertel des Daches und die Hälfte seines Namens. Es stand nur noch »WI  TER« drauf. Ich betrachtete ihn lange und dachte: »Wieder ein Stück weg«, und dann an all die Stücke meines Lebens, die schon weg waren.

Als ich ins »Hisham Palace Hotel« zurückkehrte, um mich mit dem Manager zu unterhalten, war er immer noch nicht da. Der Vampir lächelte und meinte, er würde »maybe« bestimmt gleich kommen. Ich ging und habe den Manager, trotz häufiger Nachfragen und der stereotypen Antwort, er sei ausgegangen, käme aber »maybe« bald wieder, bis zum heutigen Tage nicht mehr gesehen.

Im Frühjahr kamen neue entscheidende Verhandlungen zwischen Israel und der PLO ins Rollen. Es sollte die Größe des autonomen Gebiets von Jericho ausgehandelt werden, die Kontrolle der Allenby-Brücke, die, da sie Israel und Jordanien miteinander verbindet, ein besonders heikler Punkt war, und die Zahl, Bewaffnung und Handlungsweite der palästinensischen Polizei, die nach Abzug des israelischen Militärs für die Ordnung zuständig sein sollte. Natürlich konnte man sich nicht einigen, und ein paarmal sah es sogar danach aus, als würden die Verhandlungen abgebrochen werden. Aber dann wurde der festgefahrene Karren mit vereinten Kräften wieder aus dem Dreck gezogen, und man feilschte weiter.

Am 5. Mai war es endlich soweit. Man traf sich in Kairo, um die Verträge zu unterzeichnen, die üblichen Reden zu halten, Hände zu schütteln.

Ich saß mit Henry, Bissan, einer palästinensischen Freundin, und deren Mann vor dem Fernseher. Die Kameras liefen, die Übertragung des zweiten historischen Geschehens nahm ihren Lauf. Doch allmählich machte sich unter den palästinensischen, israelischen und ägyptischen Regierungsmitgliedern auf der Tribüne eine gewisse Unruhe bemerkbar. Anstatt den feierlichen Reden zu lauschen oder sie zumindest stumm über sich ergehen zu lassen, begannen sie miteinander zu tuscheln, sich zu kleinen Grüppchen zusammenzuschließen, unpassende Gesichter zu ziehen.

»Sehr unhöflich«, bemerkte meine Freundin, »ausgesprochen unmanierlich!«

Arafat benahm sich am unmanierlichsten, und als er schließlich am Tisch saß, vor sich das Dossier mit den Verträgen, neben sich einen Herrn, der die zu unterschreibenden Seiten aufblätterte, hielt er bei einer bestimmten inne, fixierte sie wie eine Katze die Maus, kritzelte darauf herum, sprang plötzlich auf und verließ erbost die Szene.

»Ich habe gewußt, daß da etwas nicht stimmt«, regte sich der Mann meiner Freundin auf, »er hat von Anfang an nicht gelacht, und er lacht doch immer.«

»Oh, Gott, oh, Gott, oh, Gott«, stöhnte seine Frau und verbarg ihr Gesicht in den Händen.

»Eine fabelhafte Groteske«, sagte Henry, »dem Regisseur ist was eingefallen!«

»Worum geht es hier eigentlich?« fragte ich.

»Werden wir nie erfahren«, orakelte Henry.

Wir starrten gebannt auf den Fernsehschirm und die auf dem Fernsehschirm starrten gebannt auf die Tür, durch die Arafat verschwunden war. Etliche Regierungsmitglieder waren ihm mit allen Anzeichen der Verwirrung gefolgt. Nur Rabin rührte sich nicht vom Fleck und sah aus wie ein Schlafwandler, der auf dem Fenstersims balanciert und plötzlich durch einen Anruf geweckt wird. Die Kamera schwenkte ins Publikum und auf den unbeirrbaren Redner, der die erfolgreichen Friedensbemühungen der israelischen und palästinensischen Regierung pries. Ein Sprecher informierte uns darüber, daß eine kleine, unerwartete Störung eingetreten, aber wohl bald wieder behoben sei.

»Genial, diese Inszenierung«, rief Henry, »einfach genial! Der Mittlere Osten ist ein wahres Füllhorn an kurzweiligen Überraschungen!«

»Ein böses Omen«, seufzte meine Freundin Bissan.

»Da kommt er«, schrie ihr Mann, »und er lacht. Gott sei Dank, es ist alles wieder in Ordnung!«

Jericho, eines der vielen Stiefkinder der Weltgeschichte, feierte ein zweites Mal. Aber es war nur ein trüber Aufguß des ersten Festes. Immerhin hatte man die Fahne jetzt schon ein halbes Jahr geschwenkt, und die Arafat-Bilder hatten ihre frischen Farben eingebüßt. Hupen, Schreien und

Trommeln machte zwar noch Spaß, aber es stand nicht mehr die spontane Begeisterung dahinter, die Überzeugung, daß von diesem Tag an alles anders, schöner, größer werden würde. Arafat hatte sie im Stich gelassen, und kein Goldregen war auf sie hinabgeprasselt. Das einzige, auf das man sich jetzt noch von Herzen freute, war die palästinensische Polizei, Landsleute in Uniform und mit richtigen Pistolen bewaffnet, Symbole ihrer Selbständigkeit, Retter ihrer Ehre, Vorreiter ihrer Armee, Söhne ihres Volkes, die endlich wieder Macht ausüben durften.

Die Einwohner von Jericho hatten ein neues Ziel vor Augen. Sie bereiteten den Empfang ihrer Polizisten vor, schmückten Straßen und Häuser, nähten ihren Kindern kleine Polizeiuniformen, verfaßten Reden, schlachteten Schafe. Man wartete täglich, stündlich – in nichts hatte man so gute Übung wie im Warten, und nichts ließ der Phantasie und den Gerüchten so großen Spielraum. Das Kontingent der erwarteten Polizisten steigerte sich in den Gesprächen von hundert auf tausend, und deren männliche Haltung, Uniformen und Pistolen wurden Inhalt vieler Geschichten, die man den Kindern erzählte.

Endlich traf eine kleine Gruppe ein, und obgleich weder ihre Zahl noch ihre Großartigkeit den Gerüchten und Geschichten entsprach, feierte man sie stürmisch. Zu allem Glück stellte sich am nächsten Tag ein weiterer Trupp ein, und nun schlugen die Feierlichkeiten, zu denen unzählige Palästinenser aus den besetzten Gebieten angereist waren, hohe Wogen. Jeder Polizist, selbst der unscheinbarste, wurde umringt, angefaßt, eingeladen, bewirtet und auf heroischen Gruppenfotos festgehalten. Er in der Mitte, rundherum in Stolz erstarrte Männer, im Hintergrund die Fahne, im Vordergrund die kleinen Duplikate der Polizisten in ihren Miniaturuniformen. Die Feier zog sich über Tage hin, und darüber vergaß man, daß für die neuen Ordnungshüter keine Vorsorge getroffen worden war. Es fehlte an Unterkünften, Verpflegung, Kleidung und Bezahlung. Es fehlte offenbar auch an Direktiven, wie ich bei meinem nächsten Ausflug in das autonome Gebiet feststellte.

Ich war in Begleitung von Kamal, eines 1986 in die Vereinigten Staaten ausgewanderten Palästinensers, nach Jericho gefahren. Kamal, den ich seit seinem neunzehnten Lebensjahr kannte und besonders gern mochte, war seit kurzem im Besitz eines amerikanischen Passes, eine lebenswichtige Errungenschaft, die es ihm ermöglichte, zum erstenmal seit seiner Emigration zu einem Besuch in sein Heimatdorf zu fahren. Inzwischen war er dreißig, hatte in einem Supermarkt gearbeitet und obendrein Psychologie studiert, hatte eine Palästinenserin geheiratet und vier Kinder gezeugt. Aber an seinem empfindsamen Wesen, seinen sanften Gesichtszügen und seiner leisen, brüchigen Stimme hatte sich nichts geändert.

Wir waren beide sehr gespannt auf die palästinensische Polizei und ich darüber hinaus besorgt, weil sie mich vielleicht nicht über die Grenze lassen würden.

»Welche Grenze?« lachte Kamal. »Da ist doch keine Grenze, da ist höchstens ein kleiner Kontrollpunkt, und an dem stehen jetzt eben statt Israelis Palästinenser.«

Er hatte sich geirrt. Da war nicht ein kleiner Kontrollpunkt, sondern, im Abstand von einigen Metern, drei Straßensperren. Und da standen keine palästinensischen Polizisten, sondern wie eh und je israelische Soldaten. Ich hielt an der ersten Sperre, aber ein Soldat winkte mich ungeduldig weiter, an der zweiten verlangsamte ich nur noch das Tempo, an der dritten trat ich aufs Gas. Kamal steckte seinen funkelnagelneuen amerikanischen Paß enttäuscht wieder in die Tasche.

»Merkwürdig«, sagte ich, »vielleicht gibt es gar keine palästinensischen Polizisten.«

Vor mir fuhr langsam ein Jeep mit einer großen gelben Fahne. Ich überholte ihn, und Kamal fragte: »Weißt du, wer da drin gesessen hat?«

»Wer?«

»Ein israelischer Soldat am Steuer und daneben ein palästinensischer Polizist.«

»Dann gibt es sie also doch«, sagte ich erleichtert.

Ja, es gab sie. Man sah sie schließlich in Jericho auf den Straßen herumstehen oder vor den Häusern sitzen. Es waren nicht viele, und die meisten waren braun und klein gewachsen, ihre Uniformen und Barrets olivgrün und schäbig, ihre Haltung überhaupt nicht forsch. Mir kam der Gedanke, daß man die mickrigsten Polizisten nach Jericho geschickt hatte. Aber auf Kamal wirkten sie trotzdem, und wenn ich langsam und nah an ihnen vorbeifuhr, hob er jedes Mal die Hand zum Gruß. Ich war von dieser Geste des Willkommenheißens gerührt. Da lebte er seit acht Jahren in den Vereinigten Staaten, hatte einen amerikanischen Paß ergattert und war alles andere als ein fanatischer Nationalist. Und dennoch war es ihm ein Bedürfnis, jedem dieser Polizisten respektvolle Anerkennung zu erweisen.

»Gefällt es dir in Jericho?« fragte ich.

»Oh, ja«, sagte er mit echter Begeisterung, »es ist wunderbar. Ich war ja nur zweimal in meinem Leben hier, und da war überhaupt nichts los und jetzt die ganzen Fahnen und Polizisten. Weißt du, ich habe noch nie palästinensische Fahnen ganz öffentlich auf den Dächern der Häuser gesehen und noch nie einen palästinensischen Polizisten. Als ich geboren wurde, waren ja schon die Israelis hier, und ich bin ohne Identität zu einem Land aufgewachsen. Ich habe mein Land immer geliebt, aber ich wußte gar nicht, was das war: mein Land. Die Erde, auf der ich stand? Das Dorf, in dem ich lebte? Jerusalem, das für mich das Höchste war und wo ich doch immer das Gefühl hatte, beobachtet zu werden, nur geduldet zu werden, mehr Gast zu sein als dazuzugehören? Verstehst du, was ich meine?«

»Natürlich verstehe ich, was du meinst.«

»Als ich hier wegging, war ich zweiundzwanzig und irgendwie heimatlos. Ich habe Amerika nie gemocht, ich habe immer Sehnsucht nach meinem Land gehabt, dem Land, von dem ich nicht wußte, was es war. Jetzt weiß ich es. Ich gebe zu, es ist kindisch – ein paar Quadratkilometer autonomes Gebiet, ein paar Fahnen, ein paar Polizisten –, als ob es dadurch ein Land, eine Heimat wird! Und trotzdem … ach, ich kann dir das nicht erklären.«

»Ich verstehe es auch so.«

Verstand ich es? Ich, die privilegierte Europäerin, die in Israel lebte und das, was in ihm die erste Ahnung eines nationalen Bewußtseins aufkeimen ließ, mit dem Blick der Ironie verfolgte? Sollte ich mich nicht schämen, ich, die ich dreißig Jahre so wie er identitäts- und heimatlos gelebt hatte und plötzlich in der Fahne mit dem Davidstern, in den Gesichtern junger israelischer Soldaten das gesehen hatte, was er heute in der Fahne mit dem kleinen roten Dreieck, in den Gesichtern junger palästinensischer Polizisten sah? Wo war da der Unterschied? In meinem und in seinem Alter, in seinem hoffnungsvollen Ausblick und meinem pessimistischen Resümee. Mich hatte die Vergangenheit zersplittert, ihn machte die Zukunft ganz.

»Jetzt gehen wir in den ›Schattigen Hain‹ etwas trinken«, sagte ich, »und dann zeige ich dir den Winterpalast.«

»Was ist das?« fragte er.

»Die Ruine eines Hotels, die Wurzel vieler Träume und Phantasien, die Sehnsucht nach Jugend und Liebe, die Legende einer jungen Frau mit grünen Augen, die Worte eines alten Schlagers ... ach, ich kann dir das nicht erklären.«

»Ich verstehe es auch so«, sagte er und legte seine Hand auf meine.

Inzwischen ist Yassir Arafat in Jericho gewesen.

Aber er war nicht zu einem längeren, Interesse bekundenden Aufenthalt gekommen, geschweige denn, um sich dort niederzulassen. Er war auf eine Stippvisite aus Gaza gekommen, dem sein erster, ausgiebiger Besuch gegolten hatte. Dort hatten sich die großen Festlichkeiten abgespielt, und dorthin war er zwei Stunden später wieder zurückgekehrt. Nicht einen Regierungsbeamten hatte er in Jericho hinterlassen und keinen einzigen Dollar.

Die Jerichoer waren verletzt. Da hatten sie Monate und Monate auf den Tag gewartet, an dem ihr Regierungschef erscheinen, Jericho in den Stand der Hauptstadt Palästinas erheben und das Zeichen und Geld zum Aufbruch in eine neue Ära geben würde, und dann ließ er ihr Städtchen praktisch links liegen, fuhr zuerst nach Gaza, hielt dort lange Reden, schüttelte zahllose Hände, feierte Helden, betrauerte Märtyrer und quartierte sich in einem neu gebauten Hotel am Meer ein. Gewiß, es fehlte in Jericho an Meer, Helden und Märtyrern, es fehlte auch an den Problemen, die aus dem überbevölkerten Gaza-Streifen eine Zeitbombe machten. Und trotzdem war es ungerecht. Hatten sie etwa in Saus und Braus gelebt und keine Not gelitten? Waren sie nicht über Jahrhunderte von fremden Machthabern gegängelt und unterdrückt worden? Hatten sie etwa kein Recht auf eine Zukunft, die ihnen Würde und Wohlstand bescherte, jetzt, da sie Bürger eines autonomen Gebietes waren und einen palästinensischen Regierungschef aus ihrem Fleisch und Blut hatten? Waren ihre Straßen und Häuser nicht mit seinem Bild und mit der Fahne seines und ihres Landes geschmückt?

Es war ein mäßiger, von Verwirrung und Enttäuschung gezeichneter Empfang. Die einzigen, die ihn mit Verve vorbereitet hatten, waren die israelischen Siedler, die, mit dem Ziel, Palästinenser aus den besetzten Gebieten an einer Begrüßungsfahrt nach Jericho zu hindern, Krawalle organisiert, Steine geschmissen und Nägel gestreut hatten. Israelisches Militär hatte eingegriffen, die Siedler in Schach zu halten versucht und da, wo ihnen das nicht gelungen war, die Straßen gesperrt.

Das, so behauptete man später, sei der Grund gewesen, warum die Volksmassen in Jericho ausgeblieben waren. Es hatten sich nur etwa viertausend Menschen am Begrüßungsort eingefunden und zunächst einmal vergeblich auf ihren Regierungschef gewartet. Arafat war, vermutlich aus Sicherheitsgründen, zu einer späteren Stunde und an einer anderen Stelle als der angekündigten aufgetaucht, und in dem daraus entstehenden Durcheinander war eine weitere Zahl an Festteilnehmern abhanden gekommen.

Nein, es war nicht die Zeremonie, die man sich vorgestellt, nicht der Anfang einer neuen Ära, die man erwartet hatte. Das einzig Spektakuläre war ein ultraorthodoxer Rabbi gewesen, der Arafat als Retter des messianischen Reiches stürmisch umarmt und geküßt hatte. Doch für die Jerichoer, die, mit der jüdischen Religion nicht vertraut, den Mann für einen Verrückten hielten, war das kein Höhepunkt gewesen.

Zwei Tage nach dieser mißglückten Stippvisite wurde offiziell bekanntgegeben, daß der PLO-

Vorsitzende Yassir Arafat mit seinem Regierungsstab demnächst von Tunis nach Gaza übersiedeln würde. Von Jericho war nicht mehr die Rede.

»War mir schon lange klar«, sagte Henry, »ist ja auch naheliegend, daß er sich in Gaza niederläßt. Was hätte er in diesem gottverlassenen Jericho gemacht? In seiner pagodenartigen Villa gesessen und Tee getrunken?«

»Und was wird nun aus Jericho?«

»Wahrscheinlich nicht viel mehr, als es immer war.«

»Ich finde das ausgesprochen unfair! Erst macht man ihnen monatelang den Mund wäßrig, dann läßt man sie auf ihren Träumen sitzen.«

»Darling«, sagte Henry mit seinem unberechenbaren Lächeln, durch dessen Anteilnahme bereits die Ungeduld wetterleuchtete, »sie selber fabrizieren sich die Träume und leben in ihnen. Wir setzen alles daran, um unsere Träume zu realisieren. Sie sitzen da und warten. Träume sind ihre Wirklichkeit.«

# Epilog

Jericho ist die älteste Stadt der Welt. Sie hat zehn Jahrtausende auf dem Buckel und viel Not und Schicksalsschläge erfahren. Aber sie hat bis zum heutigen Tage überlebt. Sie wird weiter überleben, auf welche Art und unter welchen Umständen, läßt sich nicht voraussagen. Alles ist offen, alles ist möglich. In einer Stadt, die auf Träume und Märchen gebaut ist, im Heiligen Land, in dem Katastrophen und Wunder zum täglichen Leben gehören, ist nichts ausgeschlossen. Die Posaunen können wieder erschallen und die Mauern einstürzen, Gold kann vom Himmel regnen und die Stadt in neuem, märchenhaftem Glanz erstehen lassen. Wahrscheinlicher ist allerdings, daß Jericho Jericho bleibt, größer vielleicht, fortschrittlicher, lebhafter, aber letztendlich ein unbedeutendes Städtchen, das seine Berühmtheit nach wie vor der Bibel, dem ältesten Turm der Menschheit und dem amerikanischen Gospel-Song »When the walls came tumbling down ...« verdanken wird. Schon lange erregt es keine Aufmerksamkeit mehr, weder im In- noch im Ausland. Wesentlich wichtigere Ereignisse als Jerichos pompöse Autonomieerklärung haben seine kurze Sternstunde überholt. So stehen wir zur Zeit im Bann des israelisch-jordanischen Friedensabkommens und verstehen noch nicht ganz, wie das so schnell und reibungslos zustande kommen konnte. Immerhin haben wir 47 Jahre der Feindseligkeiten, der Kriege und Attacken, der gegenseitigen Verurteilungen und Beschuldigungen hinter uns, und plötzlich sind Ministerpräsident Rabin und König Hussein ein Herz und eine Seele. Sie strahlen sich an, sie schütteln sich, mit allen Anzeichen innigen Verständnisses, die Hände, sie haben bei ihren Friedensreden Tränen in den Augen. Ganz Israel ist erschüttert und steht geschlossen hinter dem kleinen König. Der Tag, an dem in Jericho das Fußballspiel mit der französischen Mannschaft stattfand, war zweifellos ein großer Tag, doch ist er klein im Vergleich mit der Stunde, in der Seine Majestät, eigenhändig und von einer Eskorte israelischer Militärflugzeuge begleitet, das Land Israel überflog.

»Shalom … Salam, prime minister«, begrüßte der jordanische König Rabin am Telefon. Der saß, den Hörer am Ohr, auf einem Flugplatz der Armee und erkundigte sich bei seinem fliegenden Freund, wie ihm die Stadt Tel Aviv gefalle.

»It is a beautiful city«, verkündete der König aus dem strahlenden Blau des Himmels.

Es war ein erhebender Moment, der seinen Höhepunkt erreichte, als Seine Majestät über Jerusalem flog und auf dem Tempelplatz die beiden moslemischen Heiligtümer, den Felsendom und die Al-Aqsa-Moschee, umkreiste.

»You can see, Your Majesty«, sagte der Baß des israelischen Ministerpräsidenten, »that we took good care of Jerusalem.«

Ob diese Bemerkung angebracht war, bleibt dahingestellt, doch tat sie dem allgemeinen Enthusiasmus keinen Abbruch. Es zitterten die Herzen in der Heiligen Stadt, die Fensterscheiben und vielleicht auch der Steuerknüppel in der Hand des jordanischen Königs.

»Hussy-Baby« nennen ihn die Tel Aviver zärtlich, die Palästinenser schweigen. Böse Ahnungen ziehen in ihnen auf. Was wird ihnen, den unliebsamen Stiefkindern der Weltgeschichte, dieser neue Freundschaftsbund zwischen Israel und Jordanien bringen?

»Sie werden durch den Rost in den Gully fallen«, sagt Henry lakonisch, und er ist nicht der einzige, der das sagt.

In Jericho wartet man. Man hat den Frieden zwischen den ehemaligen Feinden nicht gefeiert und ist zum »Maybe« zurückgekehrt.

»Maybe good for us«, sagen die Jerichoer, »maybe bad for us.«

Träume sind ihre Wirklichkeit. Sie werden weiterträumen, gute Träume, schlechte Träume, so ist das Leben, so ist die Wirklichkeit. Und das Paradies, in dem sie für alles entschädigt werden, steht ihnen immer noch offen.

Auf der Straße, die sich nach der großen Abzweigung schnurgerade durch die Ebene schneidet, gibt es jetzt eine Art Grenzübergang. Erst kommt der israelische Schlagbaum mit ein paar Soldaten und der Fahne mit dem großen blauen Davidstern, dann ein paar Meter Niemandsland, dann der palästinensische Schlagbaum mit ein paar Polizisten und der Fahne mit dem kleinen roten Dreieck. Es ist eine offene Grenze, vielleicht auch die Parodie einer Grenze, und ich, ein schlichtes weibliches Wesen in einem unauffälligen Fiat Uno, werde nicht einmal angehalten.

Aus dem eingestampften Flüchtlingslager wachsen vereinzelt Zementhäuser, klein, grau, viereckig, Fremdkörper in der Wüstenlandschaft. Auch ein großes Barackencamp für die palästinensischen Polizisten ist hier entstanden, und zusätzlich zu ihrer Unterkunft haben die Männer jetzt auch noch neue Uniformen bekommen: dunkelblaue Hosen, hellblaue Hemden. Seither sehen sie viel forscher aus und den israelischen Polizisten zum Verwechseln ähnlich.

Kurz vor der Einfahrt nach Jericho steht die Andeutung eines Torbogens. Es handelt sich dabei um ein offenes, durch Metallpfeiler eingegrenztes Viereck, das über und über mit Fähnchen bespickt ist. Vielleicht hat derjenige, der es kreierte, an den

Arc de Triomphe gedacht. Wenn ich dort durchgefahren bin, komme ich an einen Wegweiser, an dem sich unter verschiedenen Schildern auch eines mit dem Konterfei Arafats und seines ehemaligen engsten Mitarbeiters, Abu Djihad, befindet. Hätte sich der eine nicht in Gaza niedergelassen, und wäre der andere nicht schon vor Jahren vom israelischen Mossad in Tunis erschossen worden, könnte man meinen, das Schild weise einem die Richtung zum Hauptquartier der beiden Männer. Aber es weist einem lediglich eine Geistesrichtung.

Ich bin nun also innerhalb des Städtchens, fahre an der friedfertigen Tankstelle vorbei, die das Bildnis einer Riesentaube mit Olivenzweig im Schnabel schmückt, an der hübschen Moschee rechter Hand und dem gemütlichen Krankenhaus linker Hand, und bin bereits im Zentrum. Hier sehe ich verstimmt die ersten und unerläßlichsten Zeichen eines neu anbrechenden Zeitalters: eine sich von Mal zu Mal vermehrende Anzahl von Autos. Es sind alte, lädierte Wagen, die viele Jahre und Kilometerzahlen hinter sich gebracht haben, aber man kann damit hupen und die Straßen unsicher machen. Es sind auch viel mehr Menschen als in früheren Jahren unterwegs, und sie scheinen, trotz des Klimas, etwas reger zu sein. Es gibt neue Läden, und etliche der alten werden aufgeräumt und frisch gestrichen. Ein paar neue Häuser sind im Bau und werden es noch lange bleiben. Eines davon, ein Gebäude von gewaltigen Ausmaßen, macht schon seit Jahren keine Fortschritte, und niemand kann mir über seine Herkunft oder Bestimmung Auskunft geben. Die Straßen scheinen sauberer zu sein und die jungen Männer modebewußter und selbstsicherer. Sie tragen T-Shirts mit den neuesten, albernsten Aufschriften und enge, gut gebügelte Hosen.

Jericho ist zwar immer noch nicht reich und auch nicht die Hauptstadt des zukünftigen Palästina geworden, aber es versucht, sich ein »Image« zu geben. Die Bürgermeisterei allerdings macht keine Anstalten, sich dem aktuellen Trend anzupassen und seine Fassade, unter dem Umhang aus Fahnen und Arafat-Bildern, ein wenig auszubessern. Dafür ist der hohe Gitterzaun, hinter dem sich die ehemalige israelische Militärpolizei verschanzt hatte, abgerissen worden. Jetzt zeigt sich das Haus in properem Weiß und seine neuen Bewohner in adrettem Blau. Neben dem »Hisham Palace Hotel« haben ein Friseur und eine Konditorei ihre Geschäfte eröffnet, und in dem einen sehe ich unbekömmlich bunte Kuchen in der Auslage, im anderen den Barbier beim Stutzen eines Schnurrbarts. Das Hotel selber, dessen Verwendungszweck von Monat zu Monat wechselt, ist zur Zeit »off limits«, die Halle bis auf eine Holzbank ausgeräumt und von zwei Neonröhren beleuchtet. An der Wand hängt nur noch das kolorierte Foto des pausbäckigen verstorbenen Besitzers, aber die mir vertrauten Alpenlandschaften sind verschwunden. Vor dem Eingang liegt kein Teppichfetzen mehr, dafür sitzt dort ein junger Zivilist mit einem echten Maschinengewehr über den Knien. Auf der Schwelle steht der Anlaß des »off limits«, ein freundlicher, rundlicher Mann in olivgrüner Uniform, zwei silberne Sterne auf den Epauletten, die ihn als hohen, wenn auch noch nicht fachgemäß eingekleideten Polizeioffizier ausweisen. Er erklärt mir bereitwillig, daß es sich bei dem Hotel nur um ein Übergangsstadium handele und es demnächst wieder seiner ursprünglichen Bestimmung zugeführt, renoviert, modernisiert und mit einem Swimmingpool ausgestattet würde. Der Manager ist nicht zurückgekehrt und wird es »maybe« auch nie mehr tun.

Die Gartenlokale sind alle geöffnet und alle leer. Dennoch befindet sich die »Rose des Jordantals« in einer Phase des Aufstiegs. Ein Gärtner muß sich dort an die Arbeit gemacht und das Grün der Pflanzen aufpoliert haben. Das Ausrufungszeichen eines dünnen Wasserstrahls schießt aus dem runden Becken und besprüht die es umkränzenden Arafat-Bilder, die zum Glück in Plastikfolien stecken. Der reiche Boss sitzt mürrisch vor der Tür des Hauses, George ist nach wie vor verschollen.

Der »Schattige Hain« hat seinen Gartenzaun türkisblau gestrichen und ein Gemälde daran befestigt. Auf dem sieht man Arafat vor dem Hintergrund einer Wüstenlandschaft, durch die merkwürdigerweise ein Fluß fließt und hart an der Backe des PLO-Chefs vorbeisprudelt.

Der Winterpalast ist im Zustand endgültigen Zerfalls. Der bogenförmige Aufsatz, in der Mitte des Hauses, ist in sich zusammengebrochen und hat das letzte himbeerrote Wort »WI TER« unter seinen Trümmern begraben. Das Hotel ist namenlos geworden, die Geschichte einer jungen Frau namens Lydia ausgelöscht. Aber in mir lebt sie immer noch, und wenn ich vor der Ruine stehe und die Augen schließe, höre ich eine ganz, ganz ferne Frauenstimme, die den alten englischen Kriegsschlager singt: »We'll meet again, don't know where, don't know when …«

Ich bin mit zwei Freundinnen, Lea, einer Israelin, und Bissan, einer christlichen Palästinenserin, zum Kloster der Versuchung hinaufgestiegen. Wir stehen auf dem schmalen Balkon zwischen Himmel und Erde. Tief unter uns liegt Jericho, entzückt und verzaubert. Ein Bild aus Tausendundeiner Nacht, ein Märchen von Scheherazade erzählt: »Es war einmal eine wunderschöne Oase, in der gab es das klarste Wasser und die größten Bäume und die farbenprächtigsten Blumen und die süßesten Früchte und eine mit Wohlstand und Glück gesegnete Stadt. Sie hieß Jericho.«

»Was siehst du in Jericho?« frage ich Lea, die groß und schön ist und einen dicken roten Zopf über der rechten Schulter trägt.

»Ich sehe in Jericho seine Geschichte, eine phantastische Geschichte, die lange vor Josua und seinen Posaunen begann und sich noch Jahrhunderte danach fortsetzte. Markus Antonius hat die Oase seiner Geliebten Kleopatra geschenkt, und Herodes hat sich dort einen Palast gebaut und ist in ihm gestorben. Sie muß paradiesisch schön gewesen sein, die Oase, ein Ort, an dem man liebte und an dem man starb, ein Ort voller Leidenschaften und Geheimnisse. Ich spüre das noch heute.«

»Und du, was siehst du darin?« frage ich Bissan, ein zierliches Geschöpf mit unheimlich großen, dunklen Mandelaugen.

»Ich sehe darin das Heilige Land, so wie es vor Jahrtausenden war. Hier lebte der Geist Gottes, hier sind die Propheten gegangen, haben in der Oase aus den Quellen getrunken und von den Früchten gegessen und sind dann weitergewandert in die Einsamkeit der Wüste. Hier hat euer Josua die Stadt erobert, hier ist unser Jesus vom Teufel versucht worden, hier hat Johannes im Jordan die ersten Christen getauft, und hier liegt der muslimische Mussa begraben. Wenn ich hier stehe, ist eine große Ruhe und Gewißheit in mir.«

»Und was ist Jericho für dich?« fragen sie mich.

»Eine Fiktion«, sage ich, »ein Wunsch- und ein

Trugbild, die Wehmut, die man nach einem wunderschönen Traum beim Erwachen empfindet.«

»Wie deprimierend«, sagt Lea.

»Wie traurig«, sagt Bissan.

»Und manchmal«, sage ich, »wenn ich bei einem Glas Tee unter einem Orangenbaum sitze, ist es auch das Gefühl, dem Leben so nahe zu sein, daß ich sogar Freundschaft mit ihm schließen könnte.«

In der gleichen augenfreundlichen Schrift
bei dtv erschienen:

**Blaues Katzenbuch**

Zusammengestellt von
Helga Dick und Lutz-W. Wolff
dtv 25119

»Ich lasse mich nicht dressieren: Ich habe Charakter. Denn ich bin eine Katze. Und ich habe es gern, wenn man mich streichelt.«

Einundzwanzig ernste und heitere Katzengeschichten von Colette, Eva Demski, Max von der Grün, Elfriede Hammerl, Ursula Haucke, Marlen Haushofer, Elke Heidenreich, Erich Kästner, Doris Lessing, Penelope Lively, Inge Meidinger-Geise, Irmtraud Morgner, Isabella Nadolny, Pia Pera, Elisabeth Plessen, Ruth Rehmann, Luise Rinser, Herbert Rosendorfer, Otto Schönberger und Christa Wolf.